〈세 마리 토끼 잡는 독서 논술〉을 펴내며

하루하루 성장하는
내 아이의 모습을 확인하길 바라며

프랑스의 유명한 정신 분석학자이자 철학자인 라캉은 인간이 성장한다는 것은 '상징계'에 편입되는 것이라고 말했습니다. 그가 말한 상징계란 '언어를 매개로 소통하는 체계'를 의미하는데, 우리가 살아가는 세상 혹은 사회가 바로 그것입니다. 결국 한 아이가 태어나서 정신적으로 성장하는 아동기에서 가장 중요한 것은 언어로 소통하는 능력을 키우는 일입니다. 〈세 마리 토끼 잡는 독서 논술〉은 이와 같은 점에 주목하여 기획하고 구성하였습니다.

첫째, 문자 언어를 비롯하여 그림, 도표 등 다양한 상징체계를 이해하는 과정을 통해 통합적인 언어 이해력을 키울 수 있도록 하였습니다.

둘째, 텍스트 이해력뿐만 아니라 추론 능력, 구성(표현) 능력, 비판적 사고 능력 등을 통합적으로 길러서 여러 가지 문제를 해결하는 데 실질적으로 도움이 될 수 있도록 하였습니다.

셋째, 초등 교육과정의 핵심 내용과 밀접하게 연계되도록 설계하였습니다.

부모님보다 더 훌륭한 스승은 없습니다. 〈세 마리 토끼 잡는 독서 논술〉은 부모님 이외의 다른 어떤 선생님도 필요 없습니다. 이 학습 프로그램을 통해서 하루하루 성장하는 내 아이의 모습을 확인하는 기쁨을 누리시길 바랍니다.

세 마리 토끼잡는 독서논술 이란?

어떤 책인가요?

하나의 주제와 관련된 다양한 글(동화, 시, 수필, 만화, 논설문, 설명문, 전기문 등)을 읽고 통합 교과적인 문제를 풀면서 감각적 언어 능력(작품의 이해와 감상)과 논리적 이해 능력(비문학의 구조, 추론, 적용 등), 국어 지식(어휘, 문법 등), 사회와 과학 내용 등을 통합적으로 익히는 독서 논술 프로그램 학습지입니다.

몇 단계, 몇 권인가요?

〈세 마리 토끼 잡는 독서 논술〉은 다음과 같이 총 5단계, 25권입니다.

단계	P단계	A단계	B단계	C단계	D단계
대상 학년	유아~초등 1년	초등 1년~2년	초등 2년~3년	초등 3년~4년	초등 5년~6년
권 수	5권	5권	5권	5권	5권

세 마리 토끼란?

'독서', '사고', '통합 교과'의 세 가지 영역을 말합니다. 즉, 한 권의 독서 논술 책으로 다양한 장르의 글을 읽을 수 있고, 논술 문제를 풀면서 사고력을 기를 수 있으며, 초등학교 주요 교과 내용과 연계된 문제를 풀면서 통합 교과 학습을 할 수 있습니다.

하루에 세 장씩 꾸준히 학습하면 세 마리 토끼를 잡을 수 있어요.

독서
* 각 단계에 맞게 초등학교의 주요 교과 내용을 주제로 정함.
* 각 권의 주제와 관련된 글을 언어, 사회, 과학 등으로 나누어 읽을 수 있음.

사고
* 언어, 사회, 과학 등과 관련된 다양한 장르의 글을 읽고 논술 문제를 풀면서 생각하는 능력과 생각하는 폭을 확장할 수 있음.

하루에 세 장씩 학습하면 한 권을 한 달에 끝낼 수 있어요.

통합 교과
* 다양한 장르의 글을 읽고 초등학교 국어, 사회, 과학 등의 학습 내용과 관련된 문제를 풀면서 통합 교과 학습을 할 수 있음.

세마리 토끼잡는 독서논술 이런 점이 다릅니다

초등학교 교과 내용과 긴밀하게 연결되어 있습니다.
각 단계의 권별 내용과 문제는 그 단계에 맞는 학년의 주요 교과 내용과 긴밀하게 연결되어 교과 학습에 도움을 줍니다.

하나의 주제를 통합 교과적으로 접근합니다.
각 권마다 하나의 주제가 있고, 그 주제를 언어, 사회, 과학과 연결시켜서 사고를 확장할 수 있게 하였습니다. 그리고 여러 교과와 연계된 문제를 풀면서 통합 교과적인 사고를 할 수 있습니다.

다양한 서술·논술형 문제를 풀 수 있습니다.
매 페이지마다 통합 교과 논술 문제를 제시하여 생각하는 힘과 표현력을 키울 수 있는 것은 물론 학교 시험에서 강화되고 있는 서술·논술형 문제에 대비할 수 있습니다.

다양한 장르의 글을 접할 수 있습니다.
각 주제와 관련된 명작 동화, 창작 동화, 전래 동화, 설화, 설명문, 논설문, 수필, 시, 만화, 전기문 등 다양한 장르의 글을 읽으면서 각 장르의 특성을 체험하며 독서하는 습관을 기를 수 있습니다. 특히 현재 왕성하게 활동하고 있는 여러 동화 작가의 뛰어난 창작 동화가 20여 편 수록되어 있습니다.

수준 높은 그림을 많이 제시하여 흥미롭게 학습할 수 있습니다.
어린이들은 글과 그림이 조화를 이룬 책으로 공부할 때 학습 효과를 높일 수 있습니다. 또한 좋은 그림은 어린이들의 정서 발달에 도움을 줍니다. 이런 점을 생각하여 한 페이지를 넘길 때마다 수준 높은 그림을 제시하여 어린이들이 흥미롭게 학습할 수 있도록 하였습니다.

세 마리 **토**끼잡는 **독**서논술은 이렇게 구성되었습니다

독서 전 활동　생각 열기

★ 한 주의 학습을 시작하기 전에 주제와 관련된 사진이나 그림을 보고, 앞으로 학습할 내용에 대해 흥미를 가질 수 있도록 하였습니다.

★ '생각 톡톡'의 문제를 풀면서 주제에 대한 자신의 경험이나 평소 생각을 돌이켜 보며 앞으로 학습할 내용을 짐작할 수 있도록 하였습니다.

★ 통합 교과 활동과 이어질 교과서의 연계 교과를 보며 교과 내용을 참고할 수 있도록 하였습니다.

독서 중 활동　깊고 넓게 생각하기

★ 한 권에 하나의 주제가 있고, 그 주제를 언어, 사회, 과학으로 나누어서 다양한 장르의 글을 읽으며 통합 교과 문제와 논술 문제를 풀 수 있도록 구성하였습니다.

★ 1주는 언어, 2주는 사회, 3주는 과학과 관련된 제재로 구성하였고, 4주는 초등 교과에서 다루고 있는 여러 가지 장르별 글쓰기(일기, 동시, 관찰 기록문, 기행문, 독서 감상문, 기사문, 논설문, 설명문, 희곡 등)와 명화 감상, 체험 학습 등의 통합 교과 활동으로 구성하였습니다.

독서 후 활동 생각 정리하기

되돌아봐요

★ 앞에서 읽은 글을 돌이켜 보면서 이야기의 흐름과 중심 생각을 파악하고, 더 나아가 자신의 생각을 발전시키는 문제를 풀 수 있도록 하였습니다. 이를 통해 한 주 동안 읽고 생각한 내용을 머릿속에서 차근차근 정리할 수 있습니다.

내가 할래요

★ 주제와 관련된 여러 가지 활동을 하며 한 주의 학습을 마무리할 수 있도록 하였습니다. 종이접기, 편지 쓰기, 그림 그리기 등 재미있는 활동을 하며 창의력과 상상력을 키울 수 있습니다.

★ 한 주의 학습이 끝난 다음 체크 리스트를 통해 학습한 주요 내용을 잘 이해하고 적용할 수 있는지 평가할 수 있습니다.

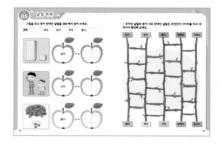

낱말 쏙쏙 (유아 P단계)

★ 한 주 동안 글을 읽으며 새로이 배운 낱말들을 그림과 더불어 살펴보고 익힐 수 있습니다.

궁금해요 (초등 A~D단계)

★ 한 주 동안 읽은 글이나 주제와 관련된 배경지식을 제공하여 앞에서 학습한 내용을 좀 더 깊이 이해할 수 있습니다.

세마리 토끼잡는 독서논술 의 커리큘럼

단계	권	주제	제재			
			언어(1주)	사회(2주)	과학(3주)	통합 활동 장르별 글쓰기(4주)
P (유아 ~초1)	1	나의 몸 살피기	뾰족성의 거울 왕비	주먹이	구슬아, 어디로 가니?	몸 튼튼, 마음 튼튼
	2	예절 지키기	여우와 두루미	고양이가 달라졌어요	비비네 집으로 놀러 와!	안녕하세요?
	3	친구와 사귀기	하얀 토끼, 까만 토끼	오성과 한음	내 친구를 자랑합니다!	거꾸로 도깨비 나라
	4	상상의 즐거움	헤라클레스의 모험	용용 죽겠지?	나는야 좋은 바이러스	상상이 날개를 달았어요
	5	정리와 준비의 필요성	지우개야, 고마워!	소가 된 게으름뱅이	개미 때문에, 안 돼~!	색깔아, 모양아! 여기 모여라!
A (초1 ~초2)	1	스스로 하기	내가 해 볼래요!	탈무드로 알아보는 스스로 하는 힘	우리도 스스로 잘 살아요	일기를 써 봐요
	2	가족의 소중함	파랑새	곰이 된 아빠	동물들의 특별한 아기 기르기	편지를 써 봐요
	3	놀이의 즐거움	꼬부랑 할머니와 흰 눈썹 호랑이	한 번도 못 해 본 놀이	동물 친구들도 노는 게 좋대요	머리가 좋아지는 똑똑한 놀이
	4	계절의 멋	하늘 공주가 그린 사계절	눈의 여왕	나뭇잎을 관찰해요	동시를 써 봐요
	5	자연 보호	세모산 솔이	꿀벌 마야의 모험	파브르 곤충기 (송장벌레)	관찰 기록문을 써 봐요
B (초2 ~초3)	1	학교생활	사랑의 학교	섬마을 학교가 좋아졌어요	우리 반 사고뭉치 기동이	소개하는 글을 써 봐요
	2	호기심 과학	불개 이야기	시턴 "동물기" (위대한 통신 비둘기 아노스)	물을 훔쳐 간 범인을 찾아라!	안내하는 글을 써 봐요
	3	여행의 즐거움	하나의 빨간 모자	15소년 표류기	갯벌 탐사 여행	기행문을 써 봐요
	4	즐거운 책 읽기	행복한 왕자	멸치 대왕의 꿈	물의 여행	독서 감상문을 써 봐요
	5	박물관 나들이	민속 박물관에는 팡이가 산다	재미있는 세계 이야기 박물관	과학관으로 놀러 오세요	광고하는 글을 써 봐요

단계	권	주제	제재			
			언어(1주)	사회(2주)	과학(3주)	통합 활동 장르별 글쓰기(4주)
C (초3 ~초4)	1	교통의 발달	자동차의 왕, 헨리 포드	당나귀를 타려다가……	교통수단, 사람들 사이를 잇다	명화 속 교통수단
	2	날씨와 환경	그리스 로마 신화	북극 소년 피터	생활 속 과학	날씨와 생활
	3	나누며 사는 삶	마더 테레사	민들레 국숫집	지진과 화산	주장하는 글을 써 봐요
	4	지역의 자연환경	울산 바위의 유래	우리 마을이 최고야!	아름다운 우리 고장	우리 마을 지도를 그려 봐요
	5	지역의 문화	준치가 메기 된 날	강릉의 딸, 겨레의 어머니 신사임당	우리나라 풀꽃 이야기	지역 특산물을 소개해 봐요
D (초5 ~초6)	1	우리 역사	삼국유사	옛날 사람들은 어떻게 살았을까?	역사를 바꾼 겨레 과학	지붕 없는 박물관, 경주 역사 유적 지구
	2	문화재	반야산 불상의 전설	난중일기	우리 문화에 숨어 있는 과학	설명하는 글은 어떻게 쓸까요?
	3	경제생활	탈무드로 만나는 경제	나눔을 실천한 기업가 유일한	재미있는 확률 이야기	기사문은 어떻게 쓸까요?
	4	정보화 사회	컴퓨터 천재 빌 게이츠	봉수와 파발	컴퓨터와 인터넷 세상	연설문은 어떻게 쓸까요?
	5	세계와 우주	우주를 여행하는 과학자 스티븐 호킹	80일간의 세계 일주	별과 우주	희곡은 어떻게 쓸까요?

각 학년의 교과와 연계된 주제로 다양한 글을 읽을 수 있어요.

세 마리 토끼잡는 독서논술 이렇게 공부하세요

자신 있게 학습할 수 있는 단계를 선택하세요.

〈세 마리 토끼 잡는 독서 논술〉은 어린이 개인의 능력에 따라 단계를 선택하여 학습할 수 있는 교재입니다. 학년과 상관없이 자신이 자신 있게 학습할 수 있는 단계부터 선택하는 것이 중요합니다. 너무 어려운 단계나 너무 쉬운 단계를 선택하면 학습에 흥미를 잃을 수 있으므로 주의하세요.

한 주 동안 읽어야 할 독서 자료를 미리 읽으세요.

한 주 동안 읽어야 할 독서 자료를 미리 읽고 전체 내용을 파악한 다음, 매일 3장씩 읽고 문제를 푸는 것이 독서 학습을 하는 데 효과적입니다. 독서에는 흐름이 있습니다. 전체의 흐름을 미리 알고 세부적인 문제를 푸는 것이 사고력 확장에 도움이 됩니다.

매일 3장씩 꾸준히 공부하세요.

'가랑비에 옷이 젖는다.'라는 속담처럼 매일 꾸준히 3장씩 읽고, 생각하고, 표현하다 보면 독서, 사고, 통합 교과적 사고 능력이 성장한다는 것을 느낄 수 있을 것입니다. 그리고 매일 학습을 마친 뒤에는 '1일 학습 끝!' 붙임 딱지를 붙이면서 성취감을 느껴 보세요.

한 주 학습을 마친 후 자기 평가를 해 보세요.

한 주 학습이 끝난 다음에는 체크 리스트를 통해 학습한 내용을 얼마나 이해하고 적용할 수 있는지 스스로 평가해 보세요. 그래서 부족한 부분이 있다면 다시 한번 짚고 넘어가세요.

부모님과 깊이 있는 대화를 나누어 보세요.

한 주 동안 독서 자료를 읽고 문제를 풀면서 생각하고 표현해 보았다면, 그 주제에 대해 부모님과 이야기를 나누어 보세요. 주제에 대해 자신이 새롭게 알게 된 것이나 다르게 생각하게 된 것을 부모님과 이야기하다 보면 생각이 더욱 커진답니다.

한 주 학습표

일	월	화	수	목	금	토

★ 한 주 동안 읽어야 할 독서 자료 미리 읽기

★ 매일 3장씩 학습하기 → '1일 학습 끝!' 붙임 딱지 붙이기 → 한 주 학습이 끝나면 체크 리스트를 보며 평가하기

★ 부족한 부분 되짚기
★ 주요 내용 복습하기

세마리 토끼 잡는 독서논술

B단계 1권

주제	주	제목	교과 연계 내용
학교생활	언어(1주)	사랑의 학교	[국어 2-1] 하루 동안 겪은 일 글로 쓰기
			[국어 3-2] 글을 읽고 느낌 나누기 / 인상 깊은 경험으로 글쓰기
			[통합교과 봄1] 친구와 사이좋게 지내기 / 교실에서 지켜야 할 규칙 알기 / 교실에서 쓰는 물건 정리하기
	사회(2주)	섬마을 학교가 좋아졌어요	[국어 2-1] 인물의 마음 상상하며 읽기
			[국어 3-2] 인물의 말과 행동 생각하며 읽기
			[사회 3-1] 우리 고장의 위치와 모습 이해하기
			[통합교과 봄1] 친구와 사이좋게 지내기 / 교실에서 지켜야 할 규칙 알기
	과학(3주)	우리 반 사고뭉치 기동이	[국어 2-1] 알맞은 말을 사용하여 마음 전하기
			[국어 3-2] 글을 읽고 느낌 나누기
			[통합교과 여름1] 집에서 지켜야 할 규칙과 예절 알기
			[통합교과 봄2] 몸을 깨끗이 해야 하는 이유를 알고 실천하기
			[안전한 생활] 낯선 사람이 접근할 때 대처 방법 알기
	장르별 글쓰기 (4주)	소개하는 글을 써 봐요	[국어 1-2] 좋아하는 책 소개하기
			[국어 2-1] 여러 사람 앞에서 자신 있게 말하기
			[통합교과 봄1] 친구와 사이좋게 지내기 / 자신을 소개하기 / 친구 소개하기
			[통합교과 여름1] 우리 가족 소개하기
			[통합교과 봄2] 나의 꿈 소개하기

1주

사랑의 학교

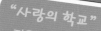

"사랑의 학교"

• 지은이: 에드몬드 데아미치스
(1846~1908)

• 작품 설명: 19세기 이탈리아를
배경으로 쓴 작품으로, 초등학교 4
학년인 주인공 엔리코가 1년 동안
의 학교생활을 일기 형식으로 적은
글입니다. 약한 아이를 도와주는
마음 따뜻한 갈로네, 몸은 불편하
지만 용기 있는 넬리, 친절한 페르
보니 선생님까지 순수하고 건강한
아이들이 있는 "사랑의 학교"가 따
뜻하게 그려져 있어요. 작품의 원
래 제목은 '마음'이라는 뜻의 "쿠오
레"입니다.

생각톡톡 학교에서 지켜야 할 규칙에는 어떤 것이 있는지 써 보세요.

관련교과 [국어 2-1] 하루 동안 겪은 일 글로 쓰기
[통합교과 봄1] 친구와 사이좋게 지내기 / 교실에서 지켜야 할 규칙 알기

사랑의 학교

개학한 날

10월 17일 월요일

　오늘은 4학년이 되는 첫날이라 아침 일찍부터 서둘러 학교에 갔어요.

　어머니가 학교에 갓 입학한 동생과 나를 학교까지 데려다주셨어요. 설레는 마음으로 교문을 들어서는데 누군가 내 어깨를 툭 쳤어요. 돌아보니 3학년 때 담임 선생님의 모습이 눈에 들어왔어요.

　"엔리코, 너하고도 이제 이별이구나."

　선생님은 여느 때처럼 웃고 있었지만 어딘지 서운해 보이셨어요. 이별이란 말을 들으니 나도 왠지 쓸쓸한 마음이 들었어요. 그래서 새 학년 교실로 향하는 발걸음에 힘이 쭉 빠졌어요.

　1층에 있는 1학년 교실은 부모님과 떨어지지 않으려고 떼를 쓰는 아이들과 부모님이 가는 모습을 보고 우는 아이들로 시끌벅적했어요.

　어머니와 나는 동생과 헤어져 4학년 교실이 있는 2층으로 올라갔어요.

🐰 **언어** 1. 오늘이 어떤 날인지 바르게 말하지 <u>못한</u> 것은 어느 것인가요? ( )

① 10월 17일 월요일이에요.

② 새 학년이 시작되는 날이에요.

③ 2학기 중간고사를 보는 날이에요.

④ 방학이 끝나고 학교에 다시 가는 개학 날이에요.

🐰 **언어** 2. 엔리코와 동생은 몇 학년이며 공부하는 교실은 각각 몇 층에 있는지 줄로 이으세요.

(1) 엔리코 ● ● ㉠ 1학년 ● ● ①

(2) 엔리코 동생 ● ● ㉡ 4학년 ● ● ②

 논술 3. 1학년 때와 비교해서 여러분은 어떻게 달라졌나요? 보기 처럼 써 보세요.

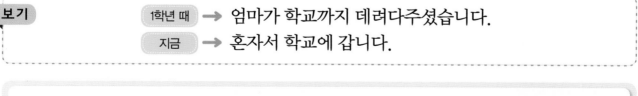

보기

| 1학년 때 → 엄마가 학교까지 데려다주셨습니다.

| 지금 → 혼자서 학교에 갑니다.

(1) 1학년 때 →

(2) 지금 →

 우리 반은 모두 쉰네 명인데, 3학년 때 같은 반이었던 친구는 열대여섯 명 정도 되었어요. 그중에는 시험에서 항상 1등만 하는 데로시도 있었어요.

 담임을 맡은 페르보니 선생님은 큰 키에 회색 머리카락, 이마에 깊게 패인 주름, 날카로운 눈매가 어우러져 매우 엄격한 인상을 풍겼어요.

 선생님은 우리를 한 명씩 찬찬히 쳐다볼 때에도 전혀 웃지 않으셨어요.

 '지겨운 학교생활이 또 시작되는구나. 시험에, 숙제만 기다리고 있겠지.'

 그런 생각을 하니 첫날인데도 수업이 끝나는 순간만 기다려졌어요. 교문 앞에서 우리를 기다리던 어머니는 내 생각을 어떻게 아셨는지 나를 따뜻하게 안아 주며 이렇게 말씀하셨어요.

 "엔리코, 용기를 내렴. 언제나처럼 너는 잘해 낼 수 있을 거야."

 기분이 조금 나아지긴 했지만 엄격한 페르보니 선생님과 즐거운 학교생활을 할 수 있을지 여전히 걱정되었어요.

🐰 수리 탐구 1. '쉰네 명'과 '열대여섯 명'을 숫자로 나타내려고 합니다. 알맞은 숫자를 보기에서 찾아 각각 쓰세요.

| 보기 | 54 | 64 | 74 | 15~16 | 15~17 | 17~18 |

(1) 쉰네 명: (   )명   (2) 열대여섯 명: (   )명

🐰 예체능 2. 페르보니 선생님의 머리카락은 회색이라고 했습니다. 회색은 흰색에 어떤 색을 섞으면 만들어지는지 알맞은 색깔을 ⚪ 안에 칠해 보세요.

흰색 **+** ＝ 회색

🐰 논술 3. 데로시는 반에서 공부로 항상 1등을 했습니다. 여러분은 반에서 무엇으로 1등을 하고 싶나요? 보기 처럼 그 이유와 함께 써 보세요.

보기

저는 우리 반에서 성격 좋은 친구로 1등을 하고 싶어요. 공부도 중요하지만 성격도 중요하다고 생각하거든요.

새 담임 선생님

10월 18일 화요일

아침 일찍 교실에 들어서니 페르보니 선생님이 벌써 교실에 와 계셨어요.

"페르보니 선생님, 안녕하세요?"

작년에 페르보니 선생님 반이었던 아이들이 복도를 지나가다가 교실 안으로 고개를 들이밀며 선생님께 인사를 했어요. 호들갑스럽게 교실 안으로 들어와 페르보니 선생님께 손을 내미는 아이들도 있었어요.

"그래, 너희들도 잘 지냈니?"

선생님은 아이들의 손을 일일이 잡아 주며 다정하게 대답하셨어요. 아이들은 선생님이 좋아서 헤어지기 정말 싫은 것 같았어요. 그 모습을 보니 선생님에 대한 내 마음도 사르르 녹아내렸어요.

'갑자기 선생님이 좋아지는걸.'

수업 시작종이 울리고 선생님은 받아쓰기 문제를 불러 주셨어요.

1. 다음은 실내 생활에서 지켜야 할 규칙입니다. 학교 안의 어디에서 지켜야 할 규칙인가요? (   )

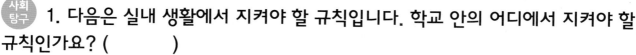
- 조용히 오른쪽으로 다닙니다.
- 문을 살짝 열고 닫습니다.
- 선생님을 만나면 인사를 합니다.

① 도서실　　　　② 화장실　　　　③ 학교 복도　　　　④ 컴퓨터실

 2. 다음 중 등교 시간에 주로 볼 수 있는 모습에 ◯표 하세요.

(1)
(　　　　)

(2)
(　　　　)

(3)
(　　　　)

3. 학교에서 여러분이 가장 좋아하는 선생님은 누구인가요? 보기 처럼 그 선생님을 좋아하는 까닭을 써 보세요.

보기
- 내가 좋아하는 선생님 : 컴퓨터 선생님
- 선생님을 좋아하는 까닭 : 다정하고 이해심이 많기 때문입니다.

(1) 내가 좋아하는 선생님 : ....

(2) 선생님을 좋아하는 까닭 : ....

....

선생님은 받아쓰기 문제를 불러 주다가 부스럼으로 얼굴이 빨개진 아이에게 다가가 이마를 짚으셨어요.

"괜찮니? 열이 나는 건 아니니?"

그러자 뒤에 있던 아이가 책상 위에 올라가 선생님 행동을 따라 했어요. 선생님이 뒤를 휙 돌아보자 그 아이는 깜짝 놀라 허둥지둥 자리에 앉았어요. 그러고는 고개를 푹 숙인 채 선생님 말씀을 들었어요.

"나는 공부 잘하는 학생보다 바른 마음가짐을 가진 학생이 더 훌륭하다고 생각합니다. 그래서 여러분이 잘못을 했다고 해서 벌을 주고 싶지는 않아요. 여러분 모두 마음씨 착한 아이가 되겠다고 약속해 주세요. 그러면 여러분은 나의 자랑이 될 것입니다."

수업이 끝나자 선생님을 따라 했던 아이가 떨리는 목소리로 말했어요.

"선생님, 제가 잘못했어요. 용서해 주세요."

선생님은 괜찮다며 그 아이의 머리를 다정하게 쓰다듬어 주셨어요.

사회탐구 **1. 다음 중 공부 시간에 할 일로 알맞지 <u>않은</u> 것은 무엇인가요? (　　　　)**

① 발표 잘하기　　　　　　　　② 짝꿍과 떠들기

③ 선생님 말씀 잘 듣기　　　　④ 모둠 활동에 적극 참여하기

언어 **2. 페르보니 선생님이 반 아이들에게 바라는 것은 무엇인가요? 알맞은 것 두 가지에 ◯표 하세요.**

(1)

착한 아이가
되는 것

(　　　　)

(2)

공부만 열심히
잘하는 것

(　　　　)

(3)
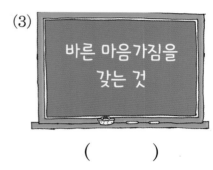

바른 마음가짐을
갖는 것

(　　　　)

논술 **3. 여러분이 만약 페르보니 선생님이라면 수업 시간에 선생님 행동을 따라 한 학생에게 어떻게 했을까요? 보기 처럼 써 보세요.**

보기

나라면 벌로 손을 들고 서 있게 했을 거예요.
왜냐하면 잘못에 대한 책임은 스스로 져야 하니까요.

나라면

왜냐하면

멋진 친구 갈로네

10월 26일 수요일

아침부터 서너 명의 아이들이 교실에서 크로시를 놀리고 있었어요.

"야, 외팔이! 빨간 머리!"

아이들은 자로 크로시의 옆구리를 찌르는가 하면 얼굴에 책을 던졌어요. 한쪽 팔을 붕대로 감아 목에 걸고 다니는 모습을 흉내 내는 아이도 있었어요. 크로시는 얼굴이 빨개져서는 금방이라도 울음을 터뜨릴 것만 같았어요.

그때, 프란티가 책상 위로 올라가더니 채소 장사를 하는 크로시 엄마를 흉내 냈어요. 그 모습에 아이들은 웃음을 터뜨렸지요. 순간 무척 화가 난 크로시가 잉크병을 프란티에게 던졌어요.

그러나 잉크병은 프란티가 아니라 교실로 들어오던 선생님을 맞혔어요. 선생님은 매우 화난 목소리로 교실 안을 둘러보며 물으셨어요.

"잉크병을 던진 아이가 누구지?"

하지만 선생님 앞에 나서는 아이가 아무도 없었어요.

1. 아이들은 크로시의 무엇을 가지고 놀렸나요? 모두 고르세요. (   )

① 불편한 몸

② 나쁜 성적

③ 외모(빨간 머리)

④ 어머니의 직업

 2. 페르보니 선생님이 화가 난 까닭을 바르게 말한 친구는 누구인가요?

(   )

①
아이들이 크로시를 때렸기 때문이야.

②
누군가 잉크병을 던졌기 때문이야.

③
아이들이 교실에서 떠들었기 때문이야.

3. 여러분이 엔리코와 같은 반이라면 크로시를 놀리는 프란티에게 어떤 말을 해 주고 싶나요? 말풍선 안에 써 보세요.

아이들은 모두 숨죽인 채 입을 꼭 다물고 있었어요. 선생님 얼굴이 점점 굳어지자 갈로네가 벌떡 일어서며 말했어요.

"선생님, 제가 그랬습니다."

선생님은 갈로네와 다른 아이들을 번갈아 보더니 말씀하셨어요.

"갈로네, 넌 아니야. 잉크병을 던진 사람은 솔직하게 일어나거라."

선생님의 말에 크로시가 자리에서 일어나 울먹이며 말했어요.

"아이들이 저를 괴롭히고 놀려서 화가 나서 그만……."

"크로시, 자리에 앉으렴. 크로시를 놀린 아이들은 모두 일어나거라."

크로시를 놀린 장난꾸러기들이 모두 일어나자 선생님이 말씀하셨어요.

"몸이 불편한 친구를 괴롭히는 건 아주 부끄럽고 비겁한 행동이야."

선생님은 아이들을 야단치고는 따뜻한 눈길로 갈로네를 바라보셨어요.

"갈로네, 친구를 감싸 줄 줄 아는 너는 마음이 따뜻한 아이로구나."

※ **비겁하다**: 성품이 너그럽지 못하고 생각이 좁으며 겁이 많다.

사회탐구 1. 갈로네는 크로시를 위하여 자신이 잉크병을 던졌다고 말했습니다. 이렇게 다른 사람을 도와주려고 하는 마음이 '배려'입니다. 다음 중 배려하는 모습이 <u>아닌</u> 것은 어느 것인가요? (   )

① 팔을 다친 친구의 가방을 들어 줍니다.

② 앞을 보지 못하는 사람에게 길을 안내해 줍니다.

③ 친구가 잘 모르는 내용을 화를 내면서 가르쳐 줍니다.

④ 준비물을 가져오지 못한 친구와 준비물을 함께 씁니다.

언어 2. 다음은 엔리코가 일기장에 쓴 갈로네의 모습입니다. 글을 읽고 친구들 중에서 갈로네를 찾아 ◯표 하세요.

11월 4일 금요일

　갈로네는 알면 알수록 멋진 친구이다. 몸이 아파 2년이나 늦게 학교에 들어와서 우리보다 키가 컸다. 바지는 늘 짧았고 모자는 작아 금방이라도 떨어질 듯 보이지만, 그 누구보다도 마음이 따뜻한 아이이다.

논술 3. 여러분 반에서 갈로네처럼 정의롭고 마음이 따뜻한 친구를 찾아 이름과 그렇게 생각한 까닭을 써 보세요.

(1) 친구 이름:

(2) 그렇게 생각하는 까닭:

할 수 있어요!

기계 체조 시간

4월 5일 수요일

　며칠째 날씨가 좋자, 체육 선생님은 겨우내 실내 체육관에서 맨손 체조를 했으니 앞으로는 운동장에서 기계 체조를 하자고 하셨어요.

　그날 오후 넬리의 어머니는 넬리와 함께 교장 선생님을 찾아갔어요.

　"교장 선생님, 넬리에게 기계 체조를 시키지 말아 주세요. 넬리의 굽은 등으로는 기계 체조를 할 수 없어요. 아이들이 놀리기라도 한다면……."

　그러나 넬리는 다른 아이들처럼 기계 체조를 하고 싶었어요.

　"엄마, 저도 할 수 있어요. 꼭 아이들과 같이 할래요. 갈로네가 제 편을 들어 줄 테니 다른 아이들이 절 놀리지 못할 거예요."

　교장 선생님도 넬리 어머니를 안심시켰어요.

　"어머님, 걱정하지 마세요. 체육 선생님이 잘 지도해 주실 거예요."

　그러자 넬리 어머니도 더는 고집을 부리지 않았어요.

사회 탐구 1. 실내 체육관과 운동장에서 하는 운동은 조금씩 다릅니다. 이렇듯 안에서 하는 일과 밖에서 하는 일을 보기 에서 찾아 기호를 쓰세요.

> **보기**
> ㉠ 잠자기　　　㉡ 밥 먹기　　　㉢ 축구하기
> ㉣ 목욕하기　　㉤ 자전거 타기　㉥ 숨바꼭질하기

(1) 주로 안에서 하는 일: (　　　　　　　　　　　　)

(2) 주로 밖에서 하는 일: (　　　　　　　　　　　　)

언어 2. 넬리 어머니가 교장 선생님에게 넬리에게 기계 체조를 시키지 말아 달라고 부탁한 까닭을 두 가지 고르세요.

(　　　　　　　)

① 넬리의 등이 굽어서
② 친구들이 놀릴까 봐서
③ 넬리가 운동을 싫어해서
④ 체육 선생님이 넬리를 싫어해서

논술 3. 넬리의 경우처럼 여러분은 하고 싶은데 부모님이 못 하게 말리는 것이 있나요? 무엇을, 왜 못 하게 하는지 보기 처럼 써 보세요.

> **보기**　• 부모님이 말리는 것: 컴퓨터 게임
> • 말리는 까닭: 오래 하면 게임 중독에 걸려서 건강을 해치기 때문에

(1) 부모님이 말리는 것 : ....

(2) 말리는 까닭 : ....

....

체육 선생님은 우리를 나무 기둥이 있는 곳으로 데리고 가셨어요.

"나무 기둥 꼭대기까지 올라가 널빤지 위에 섰다 내려오너라."

원숭이처럼 잘 올라가는 아이도 있었고, 한두 번 미끄러지는 아이도 있었어요. 갈로네는 모두의 예상대로 거뜬히 올라갔어요.

마지막으로 넬리가 가는 팔을 파르르 떨며 힘겹게 나무 기둥을 올라갔어요. 금세 옷이 땀으로 흠뻑 젖었고 얼굴도 창백해졌어요.

"넬리, 힘들면 내려와도 돼."

나무 기둥 아래에서 지켜보던 체육 선생님이 소리쳤지만 넬리는 포기하지 않았어요. 우리는 모두 한마음이 되어 있는 힘껏 넬리를 응원했어요.

"넬리, 힘내. 넌 할 수 있어!"

마침내 넬리는 널빤지 위에 우뚝 서서 감격스러운 표정으로 우리를 내려다보았어요. 넬리는 이제 연약한 아이가 아니었어요.

＊ **창백하다**: 얼굴빛이나 살빛이 핏기가 없다.

1. 밑줄 친 말과 바꾸어 쓸 수 있는 말은 어느 것인가요? (   )

넬리의 얼굴이 창백해졌다.

① 얼굴이 하늘처럼 파랗다.　　　② 얼굴이 백지장처럼 하얗다.

③ 얼굴이 시냇물처럼 깨끗하다.　　④ 얼굴이 복숭아처럼 불그스름하다.

 2. 다음 중 실외 생활에서 지켜야 할 규칙에 해당하는 것을 모두 찾아 ☐ 안에 ✔표 하세요

(1) ☐ 복도에서 선생님을 만나면 공손히 인사해요.

(2) ☐ 운동장에 모일 때는 선생님 말씀을 잘 듣고 차례를 잘 지켜요.

(3) ☐ 교실에서는 조용히 말하고 쉬는 시간에는 다음 수업 시간 준비를 해요.

(4) ☐ 운동할 때는 경기 규칙을 잘 지키고 다른 친구가 다치지 않게 주의해요.

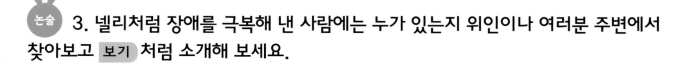 **3. 넬리처럼 장애를 극복해 낸 사람에는 누가 있는지 위인이나 여러분 주변에서 찾아보고 보기 처럼 소개해 보세요.**

보기

- 이름: 헬렌 켈러
- 한 일: 앞도 보지 못하고 소리도 듣지 못한 사람으로서 세계 최초로 대학 교육을 받았고, 장애인의 교육에 힘썼습니다.

사진을 붙이거나
그림을 그리세요.

(1) 이름: ＿＿＿＿＿＿＿＿＿

(2) 한 일: ＿＿＿＿＿＿＿＿

＿＿＿＿＿＿＿＿＿＿＿＿＿

학년말 시험

7월 4일 화요일

오늘은 수학 시험을 보는 날이에요. 시험에 통과하지 못하면 학년을 올라갈 수 없기 때문에 아이들은 어디서나 시험 얘기만 했어요.

"침착하게 잘 보렴, 넌 잘할 수 있을 거야."

어머니는 내 손을 꼭 잡고 격려해 주셨어요. 그 덕분에 내 마음은 한결 편안해졌어요. 시험 감독은 사자처럼 무서운 코티 선생님이었어요.

"긴장하지 말고 차근차근 풀어라."

시험이 시작되고 한 시간쯤 지나자 아이들이 끙끙대기 시작했어요. 어떤 아이는 훌쩍거리며 울기도 했어요. 이번 시험 문제가 너무 어려웠기 때문이에요.

운동장에서는 부모님들이 서성거리며 시험이 끝나기를 기다리셨어요. 대장장이 작업복 차림의 프레코시 아버지를 비롯해, 크로시의 어머니, 초조하게 서 있는 넬리의 어머니도 보였어요.

1. 글쓴이가 다니는 학교에서는 학년말 시험을 잘 보지 못한 학생들을 어떻게 하나요? (   )

① 선생님께 벌을 받게 해요.
② 잘 볼 때까지 시험을 다시 보게 해요.
③ 다음 학년으로 올라가지 못하게 해요.
④ 방학 때 학교에 나와서 공부하게 해요.

1주 3일
학습 끝!

붙임 딱지 붙여요

2. 시험을 볼 때의 자세로 바르지 <u>않은</u> 것은 어느 것인가요? (   )

① 한 문제 한 문제 차근차근 풉니다.
② 시험 문제를 꼼꼼히 잘 읽습니다.
③ 포기하지 않고 끝까지 시험 문제를 풉니다.
④ 모르는 문제는 친구에게 알려 달라고 합니다.

3. 친구들이 시험의 필요성에 대해 자신의 생각을 말하고 있습니다. 여러분의 생각은 어떠한가요? 또 그렇게 생각하는 이유를 써 보세요.

저는 시험은 있어야 한다고 생각합니다.

저는 시험은 없어야 한다고 생각합니다.

(1) 내 생각: ⋯⋯⋯⋯⋯⋯⋯⋯⋯⋯⋯⋯⋯⋯⋯⋯⋯⋯⋯⋯⋯⋯⋯

(2) 그 이유: ⋯⋯⋯⋯⋯⋯⋯⋯⋯⋯⋯⋯⋯⋯⋯⋯⋯⋯⋯⋯⋯⋯⋯

점심때가 조금 지나서야 시험이 모두 끝났어요. 밖에서 기다리고 있던 부모님들은 아이들에게 우르르 달려가 참고 있던 질문을 쏟아 내셨어요.

"시험이 어렵지는 않았니? 답은 제대로 썼어?"

아이들은 공책이나 책을 펼쳐 보거나 친구의 답과 비교해 보기도 했어요. 아버지도 걱정스레 내게 물으셨어요.

"엔리코, 문제가 어땠니? 시험지 좀 보여 다오."

"조금 어렵긴 했지만 괜찮았어요."

아버지는 내가 푼 시험지를 대강 훑어보더니 빙그레 웃으셨어요.

"답을 보니 아주 잘 풀었구나, 엔리코."

프레코시 아버지도 프레코시 시험지를 살펴보고는 만족스러운 듯 외치셨어요.

"프레코시, 너도 잘했구나!"

나와 프레코시는 칭찬을 듣고 기분이 좋아 싱글벙글 웃었어요.

1. 시험이 끝난 시각을 알맞게 나타낸 것은 어느 것인가요? (   )

① 아침 11시쯤   ② 낮 1시쯤   ③ 오후 3시쯤   ④ 저녁 6시쯤

예체능 **2.** 엔리코의 시험지를 보고 난 뒤 엔리코 아버지 표정이 어떻게 바뀌었는지 그림으로 그려 보세요.

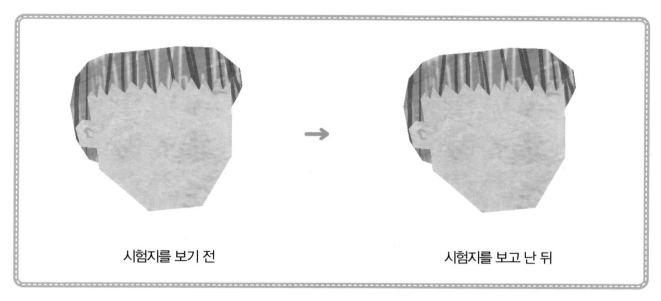

시험지를 보기 전   시험지를 보고 난 뒤

논술 **3.** 여러분이 가장 좋아하는 과목과 싫어하는 과목을 그 이유와 함께 쓰고, 새롭게 만들고 싶은 시험이 있다면 무엇인지 써 보세요.

(1) 가장 좋아하는 과목	(2) 가장 싫어하는 과목	(3) 새롭게 만들고 싶은 시험
이유	이유	이유

슬픈 이별

7월 10일 월요일

오늘은 오후 한 시부터 부모님과 운동장에 모여 종업식을 했어요.

페르보니 선생님이 성적표를 나누어 주셨어요. 1등은 역시 데로시였어요. 대부분 진급을 했지만 그렇지 못한 아이들도 서너 명 있었어요. 그중에 한 아이는 울음을 터뜨리기도 했어요.

"여러분, 우리가 함께 모이는 것도 오늘이 마지막이에요. 1년 동안 함께 지낸 여러분과 헤어진다고 생각하니 무척 섭섭합니다."

선생님은 한참을 생각에 잠겨 있다 다시 말을 이으셨어요.

"만일 내가 뜻하지 않게 여러분에게 화를 낸 일이나 불공평했던 일, 엄격했던 일이 있었다면 부디 나를 용서해 주세요."

선생님 말씀에 아이들은 일제히 소리쳤어요.

"아니에요, 선생님. 절대 그런 일 없었어요."

※ **종업식**: 한 학기 또는 한 학년 동안의 학업을 마칠 때 행하는 행사.
※ **진급**: 학년이 올라감.

1. 다음 중 종업식을 하는 친구의 모습으로 알맞지 <u>않은</u> 것은 어느 것인가요?

(   )

①    ②    ③

언어 2. 페르보니 선생님이 반 아이들에게 용서해 달라고 한 것은 무엇인지 모두 고르세요. (**)**

① 화를 낸 일   ② 엄격했던 일

③ 짜증을 냈던 일   ④ 불공평했던 일

논술 3. 이번 학기 동안 여러분은 어떻게 생활했나요? 여러분이 잘한 일과 잘하지 못한 일을 정리하여 빈칸에 써 보세요.

잘한 일	잘하지 못한 일
친구와 사이좋게 지냈습니다.	수학 공부를 게을리했습니다.

"고맙습니다. 여러분, 다음 학기에는 여러분과 함께 공부할 수 없겠지만 자주 만날 수는 있을 거예요. 여러분은 언제까지나 내 가슴속에 남아 있을 겁니다. 모두들 잘 가세요."

선생님은 우리들에게 다가와서 한 명 한 명 꼭 안아 주셨어요.

"감사합니다, 선생님!"

아이들은 선생님에게 진심을 담아 감사의 말을 전했어요. 나도 페르보니 선생님과 헤어질 때 눈물이 났어요.

나는 친구들과 악수하며 마지막 작별 인사를 나누었어요. 모두들 헤어지는 것이 아쉬워 눈물을 흘렸어요.

마지막으로 갈로네와 인사할 때는 목이 메어 말을 할 수도 없었어요. 그저 갈로네의 얼굴만 보며 마음속으로 조용히 속삭였어요.

'안녕, 내 친구!'

1. 종업식 날 나눌 인사말로 알맞지 <u>않은</u> 것에 ✕표 하세요.

(1) 감사합니다, 선생님!

( )

(2) 얘들아, 그동안 정말 고마웠어.

( )

(3) 이제 네 얼굴 안 봐도 되니 신난다.

( )

1주 4일 학습 끝!

붙임 딱지 붙여요.

 2. 엔리코가 갈로네와 인사할 때 왜 말을 하지 못했을까요? ( )

① 목이 아파서
② 헤어지는 게 기뻐서
③ 목에 무언가 걸려서
④ 헤어지는 게 슬퍼서

 3. '학교' 하면 떠오르는 것을 보기 처럼 생각 그물로 나타내 보세요.

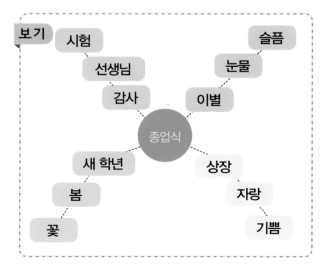

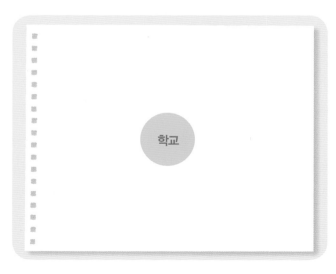

1 "사랑의 학교"에 나오는 등장인물들의 소개를 잘 보고, 각각 누구인지 보기 에서 이름을 찾아 (   ) 안에 쓰세요.

보기   크로시   넬리   엔리코   갈로네   데로시   페르보니

(1)
이탈리아 토리노시의 바레티 초등학교에 다녀요. 성실하고 착하지요. 이 일기를 쓴 아이예요.

(   )

(2)
엔리코의 4학년 때 담임 선생님이에요. 엄격하지만 이해심이 많고 아이들을 무척 사랑하지요.

(   )

(3)
몸이 아파 2년 늦게 학교에 들어와서 친구들보다 나이도 많고 몸집도 커요. 마음이 따뜻하고 친구를 도와주는 정의로운 아이예요.

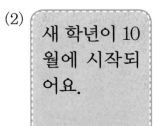

(   )

(4)
등이 굽어서 친구들의 놀림을 받기도 해요. 학교 다니는 데 어려움이 많지만 포기하지 않고 밝고 꿋꿋하게 어려움을 이겨 내지요.

(   )

2 엔리코가 다니는 바레티 초등학교는 이탈리아에 있습니다. 우리나라의 초등학교와 어떤 점이 다른가요? 모두 찾아 ◯표 하세요.

(1)
7월에 종업식을 해요.

(   )

(2)
새 학년이 10월에 시작되어요.

(   )

(3)
각 반에 담임 선생님이 있어요.

(   )

(4)
학년말 시험 성적이 낮으면 진급하지 못해요.

(   )

3 "사랑의 학교"는 어떤 형식으로 쓰여진 이야기인가요? (　　　　)

① 논설문　　　　　　② 일기문　　　　　　③ 설명문　　　　　　④ 편지글

4 개학한 날 엔리코는 학교생활이 지겨울 것이라고 생각했습니다. 그 생각이 종업식을 하는 날에는 어떻게 바뀌었나요? 자유롭게 말풍선에 써 보세요.

지겨운 학교생활이 시작되는구나. 시험에, 숙제만 기다리고 있겠지.

5 다음은 새 학년이 되면 하고 싶은 일을 적어서 만든 희망 고리입니다. 엔리코라면 희망 고리에 어떤 내용을 적었을까요? 여러분이 엔리코가 되어 써 보세요.

예 친구와 사이좋게 지내기

궁금해요

행복한 학교생활, 예절이 좌우해요

행복한 학교생활을 하고 싶나요? 그렇다면 먼저 학교생활 예절부터 지키세요. 그러면 매일매일이 즐거워질 거예요.

교실

O 쉬는 시간

다음 시간 준비를 해요.

O 수업 중

바른 자세로 앉아 선생님 말씀에 귀 기울여요.

X 수업 중

친구와 시끄럽게 말해요.

X 쉬는 시간

교실에서 뛰어다니거나 책상 위에 올라가서 놀아요.

X 수업 중

몰래 게임을 해요.

O 수업 중

휴대 전화의 전원을 꺼요.

복도

O

오른쪽으로 걸으며 선생님을 만나면 인사해요.

계단

X

계단에서 뛰거나 난간에서 미끄럼을 타요.

화장실

X

줄 서 있는 친구들 사이로 새치기를 해요.

급식소 O
장난치지 않고 한 줄로 서서 차례를 기다려요.

도서실 X
책에 낙서하고 찢으며 간식을 먹어요.

교무실 X
교무실 문을 벌컥 열고 말해요.

선생님!

운동장 O
운동이나 경기를 할 때에는 경기 규칙을 잘 지켜요.

놀이터 O
차례를 지켜 놀이 기구를 이용해요.

수돗가 X
물을 틀어 놓고 물장난을 쳐요.

보기 처럼 우리 반 예절왕을 뽑고 칭찬하는 말을 써 보세요.

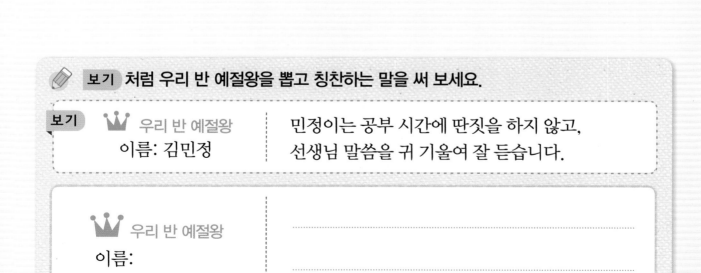

보기	우리 반 예절왕 이름: 김민정	민정이는 공부 시간에 딴짓을 하지 않고, 선생님 말씀을 귀 기울여 잘 듣습니다.
	우리 반 예절왕 이름:	

내가 할래요

사랑의 학교 조건을 알아봐요

'사랑의 학교'가 되기 위해서는 어떤 것들이 필요할까요? 여러분이 생각하는 '사랑의 학교'의 조건을 보기 와 같이 다섯 가지만 써 보세요.

보기

맞아! 맞아!
베스트 5

★ 사랑의 학교에는 이런 것 꼭 있다!

1위 선생님의 학생에 대한 사랑

2위 학생의 선생님에 대한 사랑

3위 편리하고 안전한 학교 시설

4위 학생들의 협동

5위 학교에 대한 학생들의 믿음

1주
학습 끝!

확인할 내용	잘함	보통임	부족함
1. 이번 주 학습을 5일(월요일~금요일) 안에 끝마쳤나요?			
2. '사랑의 학교' 내용을 잘 이해했나요?			
3. 등장인물의 마음이 되어 생각과 느낌을 말할 수 있나요?			
4. 학교생활 규칙을 잘 지킬 수 있나요?			

사랑의 학교에는 이런 것 꼭 있다!

1위

2위

3위

4위

5위

1주 5일
학습 끝!

붙임 딱지 붙여요.

전하는 말

2주

섬마을 학교가 좋아졌어요

생각톡톡 학교생활에서 가장 재미있는 시간과 가장 지루한 시간은 언제인지 써 보세요.

관련교과 [국어 2-1] 인물의 마음 상상하며 읽기
[사회 3-1] 우리 고장의 위치와 모습 이해하기

섬마을 학교가 좋아졌어요

"날마다 더하면 더했지 덜하지 않으니 정말 걱정이에요."

3학년이 되어도 친구들과 어울리지 못하고, 공부도 하지 않고 매일매일 게임만 하는 진수를 보며 엄마, 아빠는 걱정이 되었어요.

그러던 어느 날, 진수는 학교에서 수업 시간에 몰래 게임을 하다 경호가 선생님께 이르는 바람에 야단을 맞았어요.

"이경호, 치사하게 선생님께 고자질하냐!"

화가 난 진수가 경호에게 따지며 손으로 몸을 밀쳤어요.

"수업 시간에 게임한 네가 잘못이지, 난 잘못 없어."

경호도 지지 않고 진수를 밀쳤어요. 급기야 진수와 경호는 교실 바닥을 구르며 싸우기 시작했어요. 그날 진수는 선생님께 무척 혼이 났고 엄마는 선생님과 진수에 대해 상담을 했어요.

그날 밤 진수 부모님은 밤늦도록 진수에 대해 얘기를 나누었어요.

※ **고자질**: 남의 잘못이나 비밀을 일러바치는 짓.

🐰 언어 1. 엄마와 아빠가 진수에 대해 걱정한 것이 <u>아닌</u> 것은 무엇인가요? (   )

① 공부를 하지 않는 것

② 매일매일 게임하는 것

③ 친구들과 어울리지 못하는 것

④ 매일매일 텔레비전 보는 것

🐰 사회 탐구 2. 경호는 수업 시간에 몰래 게임한 진수를 선생님께 일렀습니다. 이 상황에 대해 바르게 말한 친구는 누구인가요? (   )

①
친구의 행동을 선생님께 일러바치는 것은 치사해.

②
경호가 선생님께 이르지 말고 게임기를 빼앗으면 되는데…….

③
수업에 방해가 되니 하지 말라고 먼저 말했으면 좋았을 거야.

🐰 논술 3. 진수는 매일 게임만 하려고 했습니다. 게임을 많이 하면 나쁜 점이 무엇이고, 계획을 세워서 게임을 해야 하는 이유를 써 보세요.

(1) 나쁜 점 :

(2) 계획을 세워서 게임을 해야 하는 이유 :

진수 부모님은 진수 아빠가 태어나고 자란 남쪽의 작은 섬으로 이사를 가기로 결정했어요. 진수에게 친구와 어울리는 방법을 찾아 주기 위해서였지요.

"진수야, 얼마 동안 거기에서 살다 오자."

하지만 진수는 이사 가기 싫다고 몇 날 며칠 투정을 부렸어요.

"싫어, 싫어! 이사 가기 싫어요. 그 작은 섬에 왜 이사 가요?"

"진수야, 너에게 지금 필요한 건 친구야. 그곳에서 네가 친구와 잘 어울리는 방법을 찾으면 좋겠다."

진수는 아빠 말을 이해할 수 없었어요. 학교 친구들을 특별히 좋아하지는 않지만, 엄마와 아빠가 생각하는 것처럼 친구들과 어울리지 못하는 것도 아니거든요. 게임할 땐 친구들과 잘 노는데 부모님은 그걸 모르시나 봐요.

몇 년 전에 아빠 고향이라고 여행 갔던 그 섬은 친구도 없고 컴퓨터도 없어서 정말 답답하고 재미없었거든요.

1. 진수 부모님이 섬으로 이사를 가기로 결정한 이유는 무엇인가요? (   )

① 진수의 잘못을 반성하게 하려고

② 진수를 친구들에게서 떼어 놓으려고

③ 진수 아빠가 고향에서 살고 싶어 하셔서

④ 진수에게 친구와 잘 어울리는 방법을 찾아 주려고

2. 다음 중 진수네가 이사를 가기로 한 곳은 어디에 있는 섬인가요? (   )

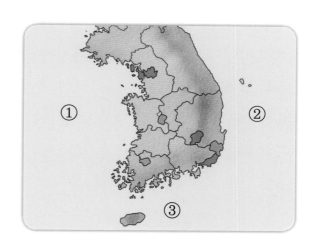

3. 진수 아빠는 진수에게 지금 필요한 건 친구라고 했습니다. 보기 **처럼 여러분에게 지금 꼭 필요한 게 무엇인지 쓰고, 그 이유도 써 보세요.**

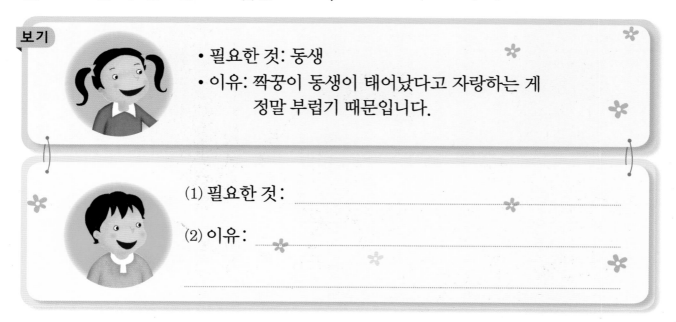

보기

• 필요한 것: 동생
• 이유: 짝꿍이 동생이 태어났다고 자랑하는 게 정말 부럽기 때문입니다.

(1) 필요한 것: ....

(2) 이유: ....

....

진수는 결국 섬마을 학교로 전학을 갔어요. 섬에는 높은 건물도 없고 아파트도 없었어요. 아빠가 일하는 진료소가 있는 건물이 가장 큰 건물이었지요.

"동화책에서나 보던 시골 마을이 바로 여기네. 백화점이나 극장도 없잖아."

섬마을 학교는 진수가 생각했던 것보다 더 작았어요. 서울 학교와 달리 건물도 한 채밖에 없고, 체육관도 없었어요. 학생이라고는 전 학년을 합쳐 여섯 명뿐이었어요. 그것도 진수를 포함해서였지요.

"학교가 왜 이렇게 작아? 아이들도 촌스러워."

하지만 진수가 무엇보다 가장 놀라고 싫은 것은 학년 구별 없이 전교생이 한 교실에 모여서 수업을 하는 거였어요. 저학년 수업을 먼저 하고 고학년 수업을 나중에 했지요. 진수는 서울에서보다 수업 시간에 딴짓을 더 많이 했어요.

'섬마을 정말 싫어! 섬마을 학교는 더 싫어!'

※ **진료소**: 병원보다 작은 규모로 진찰하고 치료하는 설비를 갖춘 곳.

1. 진수가 이사 간 섬마을을 그린 그림입니다. 글의 내용과 다른 섬마을 모습을 한 군데 찾아 ◯표 하세요.

2주 1일
학습 끝!

붙임 딱지 붙여요

2. 이 글에서 알 수 있는 진수의 마음과 관련 있는 낱말은 어느 것인가요?

(   )

① 기쁨   ② 실망   ③ 반가움   ④ 고마움

3. 진수가 전학 간 섬마을 학교는 전교생이 여섯 명뿐이었습니다. 이 학교에서 공부하면 어떤 점이 좋을지 보기 처럼 써 보세요.

보기   친구를 금방 사귈 수 있어서 좋습니다.

하지만 진수에게도 섬마을의 좋은 점이 하나 있어요. 서울 아이들은 학교 수업이 끝나면 피아노 학원에, 태권도 학원, 영어 학원을 다니느라 밤늦게야 집에 들어갈 수 있어요. 진수도 서울에서 살았을 때에는 다니기 싫은 영어 학원을 매일 다녀서 힘들었지요.

하지만 섬마을 아이들은 전혀 달랐어요. 섬마을 아이들은 학교 수업이 끝나면 해가 질 때까지 축구를 하거나 산과 들로 뛰어다니며 놀기 바빴지요. 섬에는 학원이 없었어요. 그러니 학원에 다니는 아이들도 없었지요. 진수는 섬마을로 이사 온 뒤로는 학원을 다니지 않아서 좋았어요.

방과 후 수업 시간에 만화 영화를 보며 배우는 영어도 서울 학교보다 조금은 재미있었지요. 하지만 진수는 여전히 혼자 놀았어요.

이사 오면서 아빠가 컴퓨터와 게임기를 없애서 진수는 매일 저녁마다 아빠에게 서울로 가자고 졸랐어요. 하지만 아빠는 들은 척도 하지 않았어요.

언어 **1. 진수가 본 서울 학교생활과 섬마을 학교생활을 바르게 설명한 것은 어느 것인가요? (   )**

① 섬마을 학교 아이들은 방과 후 신나게 놉니다.

② 서울과 섬마을 아이들은 모두 학원에 다닙니다.

③ 서울 학교는 전교생이 한 교실에 모여서 수업합니다.

④ 학생들이 집으로 돌아오는 시간이 더 빠른 곳은 서울입니다.

예체능 **2. 섬마을 학교에서는 만화 영화를 보면서 영어를 배웠습니다. 아래 그림에 숨어 있는 일곱 개의 영어 알파벳을 찾아 ○표 하세요.**

논술 **3. 진수는 섬마을에서는 학원을 다니지 않아서 좋았습니다. 학원에 대한 여러분의 생각을 보기 처럼 써 보세요.**

보기
저는 학원에 다니는 것이 좋습니다. 제가 어려워하는 수학을 더 공부할 수도 있고, 태권도와 피아노도 배울 수 있기 때문입니다.

섬마을 학교 다섯 아이들은 매일 곤충을 잡거나 조개를 줍는 등 진수가 생태 체험에 갔을 때나 하던 놀이를 하며 놀았어요. 그도 아니면 강아지를 데리고 섬마을을 한 바퀴 돌면서 누가 빨리 달리나 시합을 했지요.

"섬 아이들은 노는 것도 촌스러워."

그날도 진수가 터덜터덜 힘없이 집으로 돌아가는데 유일하게 같은 학년인 영민이가 다가와 말을 걸었어요.

"진수야, 나랑 보물 굴에 갈래?"

진수는 보물 굴이라는 말에 호기심이 생겼지만 이내 싫은 척 고개를 저었어요.

"싫어, 세상에 보물 굴이 어디 있냐?"

"아냐, 정말 있어. 여기서 그리 멀지도 않아."

영민이가 진지한 표정으로 진수를 쳐다보았어요. 영민이 표정에 진수의 마음이 조금씩 흔들렸지만 진수는 시큰둥하게 말했어요.

언어 1. 섬마을 아이들이 한 일이 <u>아닌</u> 것은 무엇인가요? (   )

① 산에서 곤충을 잡았습니다.

② 바닷가에서 조개를 주웠습니다.

③ 강아지와 섬마을을 뛰어다녔습니다.

④ 학교 앞 문방구에서 게임을 했습니다.

 **사회
탐구** 2. 이 글로 보아 섬마을에서 볼 수 <u>없는</u> 모습은 무엇인가요? (   )

① 	② 	③ 	④ 
배	어부	백화점	고기 잡는 그물

논술 3. 만약에 여러분이 보물 굴에 보물을 숨긴다면 어떤 것을 숨길지 보물의 이름과 그것을 선택한 이유를 써 보세요.

(1) 보물 이름: ....

(2) 그 보물을 선택한 이유: ....

....

....

....

"너나 보물 많이 찾아. 난 관심 없어."

"진수, 너 겁나서 그러는 거지? 겁쟁이!"

영민이 말에 진수가 발끈해서 소리쳤어요.

"뭐라고, 난 겁쟁이 아냐! 탐험이라면 너보다 더 잘할 자신 있어."

진수는 영민이를 따라 보물 굴에 가기로 했어요. 영민이에게 겁쟁이가 아닌 모습을 보여 주어야 했거든요. 진수는 영민이 코를 납작하게 해 주어야겠다고 마음먹었어요.

"보물 굴에 보물만 없어 봐. 그러면 영민이 너 가만 안 둬."

진수가 씩씩거리며 앞장서서 걷기 시작했어요.

"걱정 마. 너도 보고 나면 무척 좋아할걸. 너에게만 특별히 보여 주는 거야."

영민이가 생글생글 웃으면서 뒤따라왔어요.

※ **발끈하다**: 사소한 일에 자주 왈칵 성을 내다.

※ **탐험**: 위험을 무릅쓰고 어떤 곳을 찾아가서 살펴보고 조사함.

1. 진수가 영민이 말에 화가 난 이유는 무엇인가요? (   )

① 영민이가 진수에게 거짓말을 해서

② 영민이가 진수를 겁쟁이라고 놀려서

③ 영민이가 진수보다 보물 굴을 좋아해서

④ 영민이가 진수보다 보물에 더 관심을 보여서

 2. 밑줄 친 말과 같은 뜻으로 쓰인 것은 어느 것인가요? (   )

2주 2일
학습 끝!

붙임 딱지 붙여요

보기 진수는 영민이 <u>코를 납작하게</u> 해 주어야겠다고 마음먹었어요.

① 돼지는 <u>코가 납작합니다</u>.

② 개가 <u>납작한 코</u>를 벌름거렸습니다.

③ 동생 코보다 내 <u>코가 더 납작합니다</u>.

④ 팔씨름에서 진 나는 <u>코가 납작해졌습니다</u>.

3. 진수와 영민이처럼 여러분이 탐험해 보고 싶은 곳이 있다면 어디인지 그 이유와 함께 보기 처럼 써 보세요.

보기 저는 남극을 탐험하고 싶습니다. 왜냐하면 황제펭귄이 사는 모습과 빙하의 모습을 관찰하고 싶기 때문입니다.

55

　보물 굴까지 올라가는 언덕길은 생각보다 험했어요. 섬마을 사람들의 발길이 닿지 않은 듯 수풀도 무성했지요. 한참을 진수와 앞서거니 뒤서거니 올라가던 영민이가 한곳을 가리켰어요.

　"진수야, 바로 저기야."

　영민이가 가리키는 손끝에 정말 작은 동굴이 있었어요. 진수는 헉헉대던 숨을 가라앉히면서 말했어요.

　"정말 동굴이 있네. 하지만 보물이 있는지 어떻게 알아?"

　"사람들이 이렇게 높은 곳에 아무 이유 없이 굴을 파진 않았을 거야. 그러니까 옛날 사람들이 저곳에 보물을 숨겨 둔 게 분명해."

　영민이 말을 들으니 진수도 정말 동굴 안에 보물이 있을 것 같았어요. 진수와 영민이는 동굴 입구에 고개만 살짝 넣고 안을 들여다보았어요. 동굴 안은 아주 깜깜했어요.

※ **수풀**: 풀, 나무, 덩굴 따위가 한데 엉킨 것.

1. 진수와 영민이가 본 보물 굴의 모습으로 알맞지 <u>않은</u> 것을 두 가지 고르세요.

(   )

① 보물 굴은 작은 동굴입니다.

② 보물 굴은 언덕 위에 있습니다.

③ 보물 굴은 앞에 보물이 가득 있습니다.

④ 보물 굴 입구가 바위로 막혀 있습니다.

2. 영민이는 옛날 사람들이 동굴 속에 보물을 숨겨 두었을 것이라고 생각했습니다. 옛날 사람들이 쓰던 아래 물건의 이름을 보기 에서 찾아 쓰세요.

보기   고려청자   조선백자   빗살무늬 토기

(1) (   )   (2) (   )   (3) (   )

3. 영민이는 진수에게 섬마을에 있는 보물 굴을 보여 주었습니다. 여러분이 살고 있는 마을에서 친구와 함께 가고 싶은 곳이 있다면 어디이고, 그곳에서 무엇을 하고 싶은지 써 보세요.

(1) 가고 싶은 곳: ....

(2) 그곳에서 하고 싶은 것: ....

....

....

동굴 입구는 아이 한 명이 겨우 들어갈 정도로 폭이 좁았어요. 막상 깜깜한 동굴 안으로 들어가려니 진수는 조금 겁이 났어요. 하지만 영민이가 또 겁쟁이라고 놀릴까 봐 일부러 앞장을 섰지요. 진수는 무릎걸음으로 최대한 살금살금 동굴 안으로 들어갔어요.

"아얏!"

앞서가던 진수가 깜깜한 어둠 속에서 갑자기 비명을 질렀어요.

"진수야, 왜 그래? 다쳤어?"

"몰라, 다리가 어디에 찔렸나 봐. 아파."

깜짝 놀란 영민이가 동굴 밖으로 나가려고 몸을 움직였으나, 몸이 벽과 벽 사이에 끼여 빠지지 않았어요.

"영민아, 동굴 밖으로 나가자."

"나도 그러고 싶은데 몸을 움직일 수가 없어."

※ **폭**: 넓이가 있는 물체의 가로로 건너지른 거리.

언어 1. 동굴 속에서 진수는 갑자기 비명을 질렀습니다. 진수의 비명과 같은 느낌의 소리는 어느 것인가요? (   )

① 상장을 받았을 때 지르는 소리

② 시험 점수가 100점인 것을 알았을 때 지르는 소리

③ 우리나라 축구팀이 축구 경기에서 골을 넣었을 때 지르는 소리

④ 횡단보도에서 달려오던 자동차와 부딪힐 뻔했을 때 지르는 소리

사회 탐구 2. 몸이 좁은 통로에 끼여 움직일 수 없을 때 해야 할 행동으로 알맞은 것을 두 가지 고르세요. (   )

① 잠시 잠을 자며 기다립니다.

② 사람이 올 때까지 조용히 기다립니다.

③ 휴대 전화로 119안전신고센터에 전화를 합니다.

④ 소리를 크게 질러서 지나가는 사람에게 도움을 청합니다.

논술 3. 진수처럼 몸을 다친 친구가 옆에 있다면 어떤 말을 해야 할지 보기 처럼 써 보세요.

보기

걱정하지 마.
내가 집까지 같이 가 줄게.

깜깜한 동굴 속에 몇 시간째 갇혀 있으니 진수와 영민이는 무서운 생각이 들었어요. 추워서 몸도 으스스 떨리고 바닥에 닿은 무릎도 점점 더 아파왔어요.

"진수야, 괜찮아?"

"응, 괜찮아. 하지만 빨리 밖으로 나가고 싶어."

진수와 영민이는 서로를 다독이며 용기를 냈어요. 그러는 동안에도 영민이는 동굴 밖으로 나가려고 계속해서 몸을 움직였지요.

그러기를 몇 분, 드디어 영민이 몸이 동굴 밖으로 빠져나왔어요.

"진수야, 조금만 기다려! 내가 얼른 어른들 모시고 올게."

영민이는 재빨리 마을을 향해 달리기 시작했어요. 그때, 어두운 밤하늘 아래 저 멀리서 손전등 불빛이 희미하게 보였어요.

"살려 주세요! 저희 여기 있어요."

진수 부모님과 마을 사람들이 아이들을 찾으러 나온 거였지요.

1. 진수 부모님과 마을 사람들은 왜 아이들을 찾으러 나왔을까요? (   )

① 진수와 영민이가 전화를 해서

② 진수와 영민이가 학교에 가야 해서

③ 진수와 영민이가 서울로 가야 해서

④ 진수와 영민이가 늦게까지 집에 오지 않아서

 2. 이 글로 보아 동굴 속과 동굴 밖은 어떤 차이점이 있나요? (   )

① 동굴 속은 낮에도 깜깜합니다.

② 동굴 속이 동굴 밖보다 더 넓습니다.

③ 동굴 속이 동굴 밖보다 더 덥습니다.

④ 동굴 속이 동굴 밖보다 시간이 더 느리게 갑니다.

2주 3일
학습 끝!

붙임 딱지 붙여요

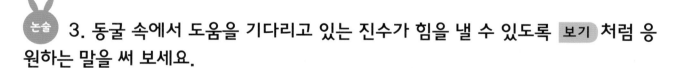 **3.** 동굴 속에서 도움을 기다리고 있는 진수가 힘을 낼 수 있도록 보기 처럼 응원하는 말을 써 보세요.

보기

진수야, 영민이가 꼭
어른들을 모셔 올 거야.

다음 날, 진수는 따스한 아침 햇살에 눈을 떴어요.

"영민아, 언제 왔어?"

아침 일찍 진료소에 와서 진수를 지켜보던 영민이의 눈에서 눈물이 뚝뚝 떨어졌어요.

"진수야, 미안해. 내가 괜히 보물 굴에 가자고 해서 너를 다치게 했어. 네 아빠 말씀이 심하게 다친 건 아니라고 해서 다행이야."

"괜찮아. 그런데 너 꼭 미라 같다, 하하!"

진수는 영민이 팔에 감긴 붕대를 보며 웃었어요. 영민이도 동굴을 빠져나올 때 팔을 조금 다쳤거든요.

"네 다리도 마찬가지다, 뭐."

그제야 영민이도 진수 다리를 보고 활짝 웃으며 말했어요. 진수는 위험한 순간에도 끝까지 함께 있어 준 영민이가 고마웠어요.

※ **미라**: 썩지 않고 건조되어 원래 상태에 가까운 모습으로 남아 있는 인간이나 동물의 사체.

언어 1. 영민이가 진수를 보고 운 이유는 무엇인가요? (　　　　)

① 붕대를 감은 손이 아파서

② 영민이가 진수보다 더 많이 다쳐서

③ 진수가 자기 때문에 다친 것 같아서

④ 깨어나지 않을까 봐 걱정했던 진수가 깨어나서

언어 2. 영민이는 팔에 상처를 입고 진수는 다리에 상처를 입었습니다. 서로의 붕대에 위로하는 글을 쓴다면 어떻게 쓸지 써 보세요.

(1)

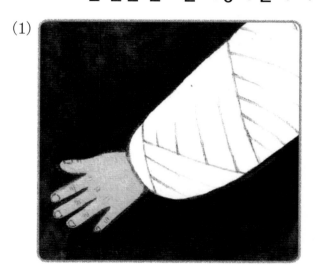

(2)

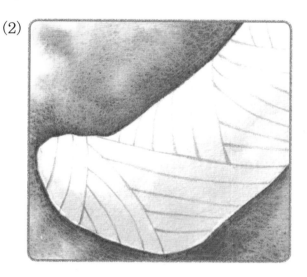

논술 3. 영민이와 진수 사이에 있었던 일처럼 여러분이 가족이나 친구와 함께 겪었던 여러 가지 일을 빈칸에 써 보세요.

(1) 즐거웠던 일	
(2) 고마웠던 일	
(3) 화가 났던 일	
(4) 슬펐던 일	

그날 저녁 엄마가 진수에게 조심스럽게 물었어요.

"진수야, 엄마랑 서울로 다시 갈까?"

"왜요?"

진수가 이상하다는 듯이 엄마를 쳐다보았어요.

"이곳이 너한테는 위험한 곳 같구나. 네가 힘들어하기도 해서 서울로 가고 싶다면 아빠한테 얘기해서 서울로 돌아가려고."

진수는 한참을 곰곰 생각하더니 웃으며 대답했어요.

"아니에요. 처음에는 이곳이 싫었지만 지금은 좋아요."

방 밖에서 진수의 얘기를 듣고 있던 아빠도 빙그레 미소를 지었어요.

'우리 진수가 이제야 친구와 어울리는 법을 배우기 시작했구나.'

그날 이후로 진수는 영민이를 비롯한 섬마을 아이들과 산과 들로 뛰어다니며 노는 게 하루 일과가 되었어요.

1. 진수가 싫어했던 섬마을을 좋아하게 된 이유는 무엇인가요? (   )

① 친구들이 서울보다 많아서

② 섬마을보다 서울이 더 위험해서

③ 컴퓨터 게임을 마음껏 할 수 있어서

④ 섬마을에서 친구들과 함께 놀 수 있어서

2. 진수는 섬마을 학교에 점차 적응해 갔습니다. 새로운 환경에 적응하기 위한 바른 행동은 무엇인가요? (   )

① 아는 사람하고만 말을 합니다.

② 선생님하고만 친하게 지냅니다.

③ 모르는 것이 있어도 참고 견딥니다.

④ 웃는 얼굴로 친구들에게 먼저 다가갑니다.

3. 만약 진수가 엄마 말대로 다시 서울로 이사를 갔다면 어떻게 생활했을지 보기 처럼 써 보세요.

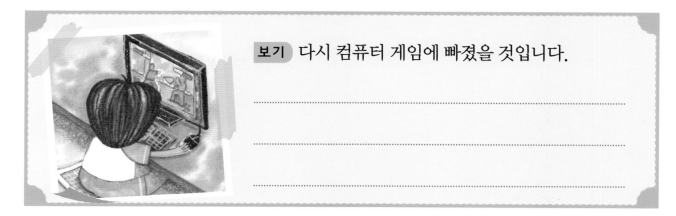

보기 다시 컴퓨터 게임에 빠졌을 것입니다.

어느 날, 영민이와 함께 신나게 집으로 가던 길에 진수가 말했어요.

"영민아, 엉터리 보물 굴 말고, 물고기 잡는 법 좀 가르쳐 줄래? 그러면 내가 물 로켓 날리는 거 가르쳐 줄게."

"물 로켓 타고 네가 그토록 자랑하던 서울 구경 가자고?"

"네가 이기면 데려가 주지. 우리 집에 먼저 도착하는 사람이 이기는 거다."

진수가 말을 마치자마자 쌩하고 달리기 시작했어요.

"뭐? 먼저 뛰는 건 반칙이야. 진수야, 기다려."

소리치며 따라오는 영민이를 뒤돌아보며 진수는 가슴 가득 바닷바람을 들이마셨어요. 이제는 제법 짠 바닷바람이 정겹게 느껴졌지요.

'섬마을에 이사 오길 정말 잘했어.'

진수는 친구와 함께하는 게 컴퓨터 게임보다 훨씬 재미있다는 걸 알았어요. 친구와 어울리는 법도 누구보다 잘 아는 아이가 되었답니다.

1. 진수와 영민이처럼 서로 도움을 주고받으면 좋은 점이 <u>아닌</u> 것은 무엇인가요? (   )

① 친구 숙제를 대신해 줄 수 있습니다.

② 몰랐던 점을 새롭게 알 수도 있습니다.

③ 서로 도우면서 친하게 지낼 수 있습니다.

④ 힘들고 어려운 일도 쉽게 해결할 수 있습니다.

 2. 물 로켓이 하늘로 날아오르는 원리를 읽고, 그 원리를 이용하여 물 로켓을 잘 날린 그림은 어느 것인가요? (   )

2주 4일
학습 끝!

붙임 딱지 붙여요

> 페트병으로 만든 로켓에 물을 적당히 넣고(페트병의 $\frac{1}{3}$ ~ $\frac{1}{4}$ 정도), 발 펌프를 이용하여 공기를 넣습니다. → 페트병 속에 공기의 양이 많아져서 공기가 누르는 힘인 압력이 높아집니다. → 공기의 압력에 의해 페트병을 막고 있던 마개가 열리면서 순간적으로 물이 빠져나오고, 그 힘에 의해서 페트병이 하늘로 날아갑니다.

①

물이 적당하니까 좋네.

②

물이 많아서 몸이 무거워.

③

밀어낼 물이 조금밖에 없어서 힘이 없어.

3. 진수와 영민이는 그 뒤 어떻게 지냈을까요? 뒷이야기를 상상하여 재미있게 이어 써 보세요.

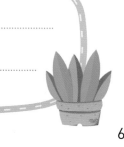

1 '섬마을 학교가 좋아졌어요'를 잘 읽었나요? 글의 내용에 맞게 일이 일어난 순서대로 그림의 번호를 쓰세요.

(1)

(2)

(3)

(4)

(5)

(6)

(   ) → (   ) → (   ) → (   ) → (   ) → (   )

2 친구와 사이좋게 지내기 위해 여러분이 할 수 있는 일을 두 가지만 써 보세요.

3 이 글의 내용으로 바른 것을 두 가지 고르세요. (　　　　　)

① 진수는 책 읽기에 빠져 있었습니다.

② 영민이는 진수와 함께 영화관에 갔습니다.

③ 친구와의 우정을 가르쳐 주는 이야기입니다.

④ 진수는 섬마을 환경에 적응하여 친구들과 즐겁게 지냈습니다.

4 진수와 영민이처럼 친구와 도움을 주고받은 일 중 여러분이 친구에게 도움을 준 일을 한 가지만 써 보세요.

5 진수에게 하고 싶은 말을 쪽지에 써 보세요.

궁금해요

학교생활을 잘하려면 어떻게 해야 할까요?

학교에서 많은 것들을 배우고 친구들과 잘 지내기 위해서는 지켜야 할 규칙들이 있어요. 학교에서 우리가 지켜야 할 행동과 규칙에 대해 알아봐요.

학교생활의 계획을 세워요

학교에서 어떻게 생활할지 계획을 세우면 시간을 낭비하지 않고 보람차게 생활할 수 있어요. 우선 한 학기 동안 꼭 이루고 싶은 목표를 한 가지만 정하세요. 그런 다음 그 목표를 달성하기 위해서 매일매일 학교에서 어떻게 생활할지 계획을 세워서 실천하세요. 그러면 학교생활을 알차게 할 수 있어요.

수업 시간에 이렇게 해요

바른 자세로 앉아서 선생님의 말씀을 잘 듣고, 발표를 할 때에는 자신 있게 말해요. 모둠 활동을 할 때에는 내 생각대로만 하지 말고 친구들과 서로 협동하여 모든 사람이 원하는 방향으로 행동해요.

쉬는 시간에 이렇게 해요

쉬는 시간은 자유로운 시간이지만 친구들에게 방해가 되지 않을 정도의 목소리로 얘기하고 행동해야 해요. 화장실에 갈 때에는 복도와 계단에서 뛰지 않고 조용히 걸어야 하고, 화장실에 다녀온 뒤에는 다음 수업 시간을 준비해요.

급식 시간에 이렇게 해요

급식은 차례를 기다려서 먹을 만큼만 받고 음식은 되도록 남기지 않아요. 먹기 전에는 손을 깨끗이 씻고 밥과 반찬은 충분히 씹어 먹어요. 먼저 먹었다고 교실이나 식당을 뛰어다니면 먼지가 일고 시끄러워서, 아직 먹고 있는 친구들에게 피해를 주니 다 먹은 뒤에는 조용히 하거나 운동장에서 놀아요.

청소 시간에 이렇게 해요

대부분의 어린이는 청소하는 것을 좋아하지 않아요. 하지만 자신과 친구들이 깨끗한 곳에서 건강하게 생활하기 위해서는 청소가 꼭 필요하다는 것을 알고 즐겁게 해야 해요. 자신이 맡은 곳을 열심히 청소하고, 힘들어 하는 친구들도 도와줘야 해요. 청소가 끝난 뒤에는 청소 도구들을 제자리에 잘 두어야 다음에 사용할 때 쉽게 찾을 수 있어요.

✎ 복도나 계단에서 뛰어다니면 안 되는 이유가 무엇인지 써 보세요.

내가 할래요

미래의 학교는 어떤 모습일까요?

10년이나 20년 후의 학교생활은 지금과 어떻게 다를까요? 미래의 학교 모습을 상상해서 보기 처럼 만화로 그려 보세요.

확인할 내용	잘함	보통임	부족함
1. 이번 주 학습을 5일(월요일~금요일) 안에 끝마쳤나요?			
2. 새 친구와 잘 사귈 수 있나요?			
3. 친구와 서로 도움을 주고받을 수 있나요?			
4. 학교생활을 잘할 수 있나요?			

2주 5일
학습 끝!

붙임 딱지 붙여요.

전하는 말

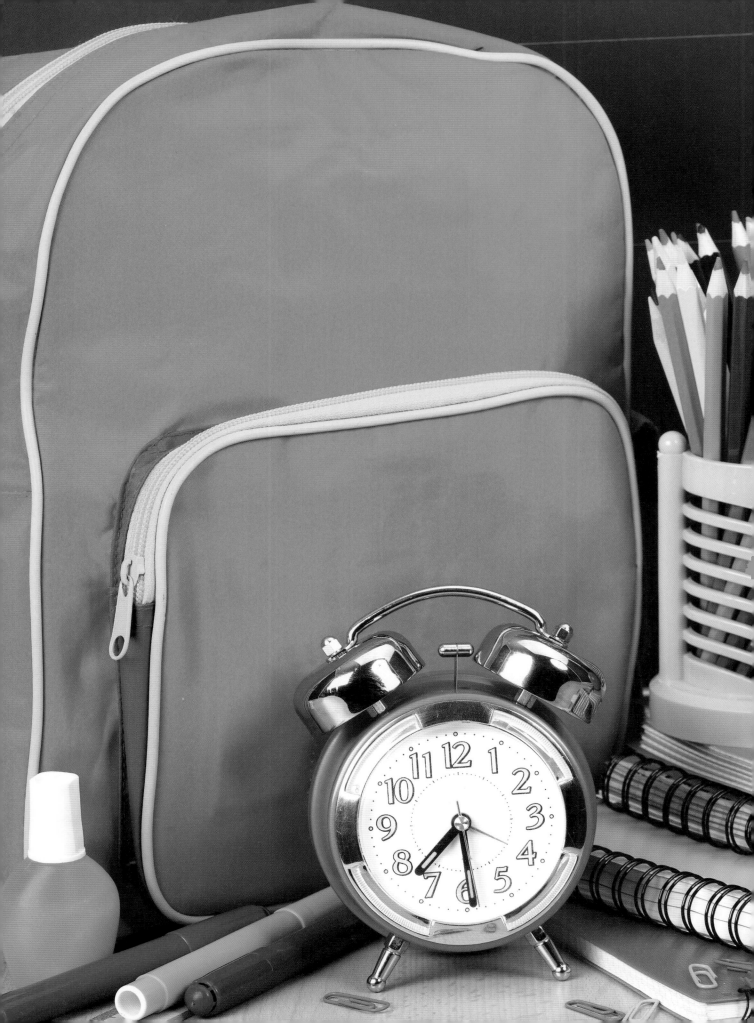

우리 반 사고뭉치 기동이

생각톡톡 학교생활 중 다쳤던 일을 써 보세요.

관련교과 **[통합교과 여름1]** 집에서 지켜야 할 규칙과 예절 알기
[안전한 생활] 낯선 사람이 접근할 때 대처 방법 알기

우리 반 사고뭉치 기동이

기동이는 만날 넘어지고 다치고 사고를 쳐서 '사고뭉치 기동이'라는 별명이 붙었어요. 며칠 전에도 친구와 놀다 다리를 다쳐 석고 붕대를 했지요.

"기동아, 늦게까지 놀면 내일 또 지각이야. 다리에 석고 붕대를 해서 얼마 동안은 다른 날보다 더 일찍 일어나야 하니 어서 자렴."

기동이는 엄마 얘기를 듣는 둥 마는 둥 밤 열한 시가 넘어서야 잠이 들었어요. 결국 다음 날 늦잠을 잔 기동이는 급식 시간에 또 사고를 쳤지요. 식판을 들고 서둘러 가던 중 그만 균형을 잃고 넘어진 거예요.

그런데 하필 식판에 담긴 음식이 기동이가 좋아하는 민아의 옷에 쏟아졌어요. 기동이는 창피하고 미안해서 고개를 숙인 채 말했어요.

"민아야, 미안해. 내가 얼른 닦아 줄게."

기동이는 민아의 옷에 붙은 음식 찌꺼기를 떼어 내며 말했어요. 하지만 민아는 울상을 지으며 말없이 교실을 나갔어요.

1. 기동이는 왜 '사고뭉치'라는 별명이 붙었나요? (   )

① 만날 욕하고 때려서

② 만날 싸우고 토라져서

③ 만날 울고 짜증 내고 화만 내서

④ 만날 넘어지고 다치고 사고를 쳐서

 2. 급식 시간에 해야 할 행동으로 바르지 <u>않은</u> 것은 어느 것인가요? (   )

①
편식하기

②
차례로 줄 서기

③
음식을 남기지 않고 먹기

3. 기동이가 민아에게 사과했지만 민아는 말없이 교실을 나갔습니다. 여러분이 민아라면 기동이에게 어떻게 말할지 말풍선에 써 보세요.

미안해, 내가 얼른 닦아 줄게.

다음 날, 비가 오자 아이들은 우산을 쓰고 등교를 했어요. 기동이는 목발을 짚고 걷는 게 무척 불편했지만 여전히 개구쟁이였지요.

"내 목발 칼을 받아라."

기동이가 목발로 같은 반 친구 진호에게 장난을 걸자, 진호도 얼씨구나 하고 우산으로 칼싸움을 시작했어요. 둘의 장난에 끼어드는 친구들이 많아지면서 복도는 금세 시끌벅적해졌어요. 기동이는 지나가는 친구의 우산까지 빼앗아 들고는 진호와 신나게 칼싸움을 했어요.

"아얏!"

그때, 누군가의 우산 꼭지에 이마를 찔린 기동이가 비명을 질렀어요. 이마를 다쳤는지 기동이의 이마에서는 피가 흘렀어요. 급하게 병원에 간 기동이는 찢어진 이마를 세 바늘이나 꿰매야 했지요.

엄마는 그런 기동이의 모습이 속상해서 눈물을 흘렸답니다.

언어 1. 기동이 이마에서는 왜 피가 났나요? (   )

① 우산을 펼치다 찔려서

② 우산을 빙글빙글 돌리다 찔려서

③ 우산을 들고 가다 바닥에 넘어져서

④ 우산으로 친구와 장난치다 우산 꼭지에 찔려서

과학 탐구 2. 기동이가 찔린 우산에 대해 바르게 설명하지 **않은** 것은 어느 것인가요? (   )

① 접었다 펼 수 있습니다.

② 햇빛을 가리기 위해 입는 옷입니다.

③ 비가 새지 않는 천이나 비닐로 만듭니다.

④ 비가 올 때 손에 들고 머리 위를 가립니다.

논술 3. 기동이처럼 복도에서 장난치거나 위험한 행동을 하는 친구에게 충고를 한다면 무슨 말을 할지 말풍선에 써 보세요.

　오늘은 드디어 기동이 다리의 석고 붕대를 푸는 날이에요. 기동이는 이제 마음
껏 뛰어다녀도 된다는 생각에 마음이 무척 설레었어요. 그래서 오늘 아침은 엄
마가 깨우지 않았는데도 스스로 눈을 떴지요.

　석고 붕대를 한 다리로 생활하는 건 정말 불편했어요. 좋아하는 자전거도 탈
수 없고, 축구도 할 수 없어서 심심하고 답답했거든요.

　마침내 석고 붕대가 떼어지자 기동이는 다리에 날개라도 달려서 하늘 위를 붕
붕 걷는 것처럼 기분이 좋았어요.

　"기동아, 이제는 제발 조심히 다녀라. 또 병원 오면 혼내 준다."

　유치원에 다닐 때부터 몇 달에 한 번씩 석고 붕대를 하러 오는 사고뭉치 기동이
에게 의사 선생님이 진지하게 말했어요.

　"네! 조심할게요."

　기동이는 신이 나서 병원이 떠나가라 큰 소리로 대답했어요.

1. 다리에 석고 붕대를 했을 때와 풀었을 때의 기동이 마음을 바르게 표현한 것은 어느 것인가요? ( )

① 불편하다 → 자유롭다

② 재미있다 → 재미없다

③ 화려하다 → 초라하다

④ 상쾌하다 → 불쾌하다

 2. 의사 선생님은 왜 기동이가 또 병원에 오면 혼을 낸다고 했을까요?

( )

① 기동이가 다치지 않기를 바라서

② 기동이가 병원에 와서도 사고를 쳐서

③ 기동이가 병원에 오는 게 그냥 싫어서

④ 기동이가 의사 선생님 말씀을 잘 듣지 않아서

3주 1일
학습 끝!

붙임 딱지 붙여요.

3. 기동이는 석고 붕대를 풀자 기분이 무척 좋았습니다. 석고 붕대를 푼 기동이에게 축하나 당부하는 말을 써 보세요.

야, 자유다!

　다음 날, 기동이는 아침 일찍 일어나 학교에 갔어요. 석고 붕대를 푼 모습을 친구들에게 빨리 보여 주고 싶어서 발걸음도 가볍게 뛰어갔지요.

　"기동아, 드디어 석고 붕대 풀었네?"

　가장 먼저 기동이를 본 준석이가 기동이 다리를 보며 말했어요.

　"응, 어제 풀었어. 이제 달리기도 너보다 잘할 수 있어."

　"그래? 그럼 나 잡아 봐라. 잡으면 네가 최고!"

　준석이가 달리기 시작하자 기동이도 따라 달렸어요. 그런데 저만큼 뛰어가던 준석이가 그만 앞으로 넘어졌어요.

　"앗, 준석아! 너 코피 나."

　준석이를 일으켜 세우던 기동이는 준석이를 보고 깜짝 놀랐어요. 준석이 코에서 피가 나고 있었거든요. 기동이는 그날 복도에서 벌을 서야 했어요. 복도에서 뛰지 않고 걸어 다녀야 한다는 규칙을 어겼거든요.

1. 준석이 코에서 피가 난 이유는 무엇인가요? (   )

① 기동이가 준석이를 밀어서

② 기동이가 준석이를 때려서

③ 준석이가 선생님과 부딪쳐서

④ 준석이가 달리다가 바닥에 넘어져서

2. 코피가 날 때의 행동으로 알맞은 것을 두 가지 고르세요. (   )

① 고개를 뒤로 젖힙니다.

② 코피를 입속으로 삼킵니다.

③ 고개를 앞으로 약간 숙입니다.

④ 양쪽 콧방울을 엄지와 집게손가락으로 5분 정도 누릅니다.

3. 기동이는 친구와 장난치다 벌을 섰습니다. 기동이가 벌을 서면서 무슨 생각을 했을지 써 보세요.

수업이 끝나고 교문을 나선 기동이와 경태는 학교 앞 문구점으로 쪼르르 달려 갔어요. 문구점 앞에는 기동이가 가장 좋아하지만 엄마가 불량 식품이라고 먹지 못하게 하는 쫀드기와 장난감, 캐릭터 카드 등이 잔뜩 쌓여 있었지요.

기동이는 그 앞에 서서 학원에 낼 책값을 만지작거렸어요. 그러기를 잠시, 기동이는 결국 책값으로 쫀드기를 사서 경태와 나누어 먹었어요. 학원 선생님에게는 깜빡 잊고 책값을 안 가져왔다고 거짓말을 했지요.

그런데 그날 오후부터 기동이 배가 살살 아프더니 급기야 배가 끊어질 듯 아팠어요. 결국 기동이는 구급차에 실려 병원에 갔어요.

"너, 혹시 오늘 불량 식품 먹었니?"

의사 선생님의 말에 기동이는 기어 들어가는 목소리로 "네."라고 대답했어요.

주사를 맞고 집으로 돌아온 기동이는 허락도 없이 돈을 쓴 것과 불량 식품을 사 먹은 것에 대한 반성문을 썼어요.

언어 1. 기동이가 문구점 앞에서 사 먹은 불량 식품은 무엇인가요? (   )

①

②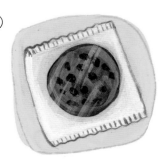

③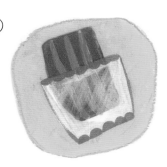

 사회 탐구 2. 기동이는 불량 식품을 먹고 배탈이 났습니다. 불량 식품을 먹으면 안 되는 이유를 두 가지 고르세요. (   )

① 값이 싸기 때문에

② 어린이들이 좋아하는 맛이기 때문에

③ 건강에 나쁜 성분이 들어 있기 때문에

④ 비위생적인 환경에서 만들어지기 때문에

 논술 3. 기동이는 엄마에게 반성문을 쓰는 벌을 받았습니다. 기동이가 반성문을 어떻게 썼을지 써 보세요.

"경태 너도 아팠다고? 나도 어제 배가 아파서 응급실에 갔었어."

다음 날 아침 등굣길에서 만난 경태가 기동이를 보자마자 배가 아팠던 얘기를 꺼냈어요. 다행히 경태는 약을 먹고 금방 나았다고 했어요.

"나 이제 불량 식품 안 먹어. 엄마가 또 그러면 정말 화내신다고 했거든."

"나도 절대 안 먹을 거야."

경태 말에 기동이도 맞장구를 쳤어요.

"대신 토요일 민아 생일 때 민아네 집에 가서 맛있는 음식 많이 먹을 거야."

"토요일이 민아 생일이라고?"

기동이가 깜짝 놀라며 경태에게 물었어요.

"응, 몰랐어? 나는 민아한테 생일 초대를 받았는데 넌 못 받았니?"

신이 나서 묻는 경태에게 기동이는 아무 말도 하지 못하고 고개를 숙인 채 발로 땅만 톡톡 찼어요. 민아는 기동이를 아직 초대하지 않았거든요.

1. 민아에게 생일 초대를 받지 못한 기동이의 마음은 어떨까요? (   )

① 신납니다.   ② 속상합니다.   ③ 행복합니다.   ④ 즐겁습니다.

2. 생일 초대를 받고 친구의 집에 갈 때의 행동으로 바르지 <u>않은</u> 것은 어느 것인 가요? (   )

① 약속 시간에 늦지 않게 갑니다.

② 정성이 담긴 선물을 준비합니다.

③ 생일을 축하하는 편지를 씁니다.

④ 내가 좋아하는 음식이 있는지 물어봅니다.

3. 민아가 경태에게 준 생일 초대장에는 어떤 내용이 써 있을까요? 여러분이 민아가 되어 생일 초대장을 써 보세요.

3주 2일
학습 끝!

붙임 딱지 붙여요

★ 초대합니다 ★

내 친구 _____에게

_____

_____

때: 이번 주 토요일 오후 2시

곳: 우리 집(해달별 아파트 가동 103호)

20○○년 ○월 ○일

너의 친구 _____가

'민아가 나한테도 생일 초대장을 줄까? 나도 가고 싶은데…….'

기동이는 친구들과 얘기를 하고 있는 민아를 보며 생각했어요. 그때, 며칠 전 민아의 옷에 음식을 쏟은 게 생각났어요.

'에이, 하필 민아에게 엎을 게 뭐람.'

기동이는 민아가 자신을 생일에 초대하지 않을까 봐 무척 걱정이 되었어요. 사실 기동이는 민아를 1학년 때부터 좋아하고 있었거든요. 그래서 민아의 생일 초대를 꼭 받고 싶었지요.

기동이는 쉬는 시간마다 민아 근처에서 서성거렸어요. 혹시라도 민아가 잊고 넘어갔던 기동이를 보고 생일 초대장을 주었으면 해서였지요.

"난 씩씩하고 용감한 사람이 가장 좋더라."

기동이 귀에 민아의 말이 쏙 들렸어요.

'그럼 이제부터 민아한테 씩씩하고 용감한 모습만 보여 줘야지!'

🐰 **언어** 1. 기동이가 민아 주위를 계속 서성거린 이유는 무엇인가요? (　　　　)

① 민아의 얘기를 엿들으려고

② 민아에게 좋아한다고 고백하려고

③ 민아에게 생일 초대장을 받으려고

④ 민아에게 음식을 쏟은 걸 사과하려고

🐰 **사회 탐구** 2. 민아는 씩씩하고 용감한 사람을 좋아한다고 했습니다. 다음 중 씩씩하고 용감한 친구는 누구인가요? (　　　　)

① 위험한 놀이를 즐기는 아이

② 시험 볼 때 친구의 답을 보는 아이

③ 친구의 잘못을 무조건 고자질하는 아이

④ 장애가 있는 아이를 놀리는 친구에게 충고하는 아이

🐰 **논술** 3. 기동이는 민아를 좋아하면서도 마음을 표현하지 못했습니다. 기동이가 민아와 친해질 수 있는 방법을 써 보세요.

"얘들아, 저기 창문 좀 봐!"

조용한 점심시간에 누군가의 말에 아이들의 눈이 창 쪽으로 모였어요. 바깥쪽 창문틀에 깃털 하나가 붙어 있었지요. 깃털은 바람에 하느작거렸어요.

"독수리 깃털이다."

"독수리가 여기까지 어떻게 오니? 저건 비둘기 깃털이야."

교실 안은 창문틀에 걸린 깃털 때문에 시끌벅적해졌어요.

"얘들아, 내가 떼어 낼게."

기동이는 친구들 사이를 헤치고 앞으로 나아갔어요. 그러고는 창문 난간으로 올라가서 힘껏 손을 뻗었지만 깃털에 닿지는 않았어요.

"기동아, 조금만 더! 조금만 더 앞으로!"

친구들의 목소리가 커지던 바로 그 순간, 기동이는 창문 난간에서 균형을 잃고 화단으로 떨어졌어요.

90

1. 조용하던 점심시간이 갑자기 시끌벅적해진 이유는 무엇인가요? (   )

① 교실에서 청소를 해서

② 교실에서 기동이와 경태가 싸워서

③ 교실에서 기동이가 국물을 엎어서

④ 교실 창문틀에 깃털이 붙어 있어서

 2. 깃털을 잡으려는 기동이의 행동에 대해 바르게 말하지 <u>못한</u> 친구는 누구인가요? (   )

① 난간이 좁아서 위험하니까 그만 내려와.

② 밑으로 떨어질 수 있으니 난간에서 내려와.

③ 깃털이 손에 닿지 않으니까 난간에서 그만 내려와.

④ 깃털이 보고 싶으니까 난간에서 계속 손을 뻗어 봐.

 3. 여러 사람이 함께 이용하는 장소는 공공장소입니다. 아래의 공공장소에서 지켜야 할 바른 행동을 한 가지씩 써 보세요.

(1) 도서관에서	
(2) 놀이터에서	
(3) 병원에서	
(4) 식당에서	

"아휴, 다리 석고 붕대 푼 지 얼마나 됐다고 또 왔니?"

깃털을 잡으려다 떨어진 기동이는 손목이 삐었어요. 기동이는 의사 선생님에게 창피해서 얼굴을 들지 못했어요.

'민아한테 생일 초대장 못 받겠다. 용감한 모습을 보여 주려고 했는데…….'

며칠 뒤, 기동이가 아파트 앞 놀이터에서 놀고 있을 때, 한 아저씨가 기동이에게 경비실이 어디냐고 물었어요. 기동이는 경비실까지 친절하게 아저씨를 안내해 주었어요.

"참 착하구나. 내가 과자 사 줄 테니 같이 갈래?"

기동이는 아저씨를 따라가려다 엄마의 말이 떠올랐어요.

'기동아, 낯선 사람은 절대 따라가면 안 돼!'

"아뇨, 괜찮아요."

기동이는 이렇게 말하고 놀이터로 달려갔어요.

1. 기동이가 민아에게 생일 초대장을 받지 못할 거라고 생각한 이유는 무엇인가 요? (   )

① 기동이가 겁이 많아서

② 기동이가 의사 선생님을 만나서

③ 기동이가 깃털을 잡지 못하고 떨어져서

④ 기동이가 민아와 같은 동네에 살지 않아서

 2. 낯선 어른이 우리 집을 알려 달라고 할 때 바르게 대답한 친구는 누구인가 요? (   )

① 우리 집까지 제가 안내할게요.

② 맛있는 거 사 주시면 알려 드릴게요.

③ 부모님께 여쭤봐야 하니까 성함을 알려 주세요.

④ 우리 집 주소와 전화번호도 모두 알려 드릴게요.

3주 3일 학습 끝!

붙임 딱지 붙여요.

 3. 기동이는 낯선 사람을 만났을 때 침착하게 행동했습니다. 만약 낯선 사람이 여러분을 쫓아온다면 어떻게 해야 할지 써 보세요.

"내일 석고 붕대를 풀면 앞으로는 정말 조심히 행동해야지."

기동이는 아이스크림을 사 먹으려고 놀이터 옆 가게로 갔어요.

마침 경비실을 안내해 달라고 했던 아저씨가 가게에서 나오고 있었지요. 그런데 아저씨 옆에 아래층에 사는 채빈이가 있었어요. 과자 봉지를 든 채 아저씨를 보고 환하게 웃고 있었지요.

"어! 이상하네. 저 아저씨는 우리 아파트에 처음 온 것 같은데 어떻게 채빈이를 알고 있는 거지?"

기동이는 아이스크림을 사는 것도 잊은 채 아저씨 뒤를 조용히 따라갔어요.

'왜 이렇게 멀리 가지?'

기동이는 아저씨가 채빈이를 데리고 아파트 단지에서 점점 멀어지는 게 수상했어요. 그래서 수업 시간에 배운 대로 휴대 전화로 119를 눌렀지요.

언어 **1. 기동이가 낯선 아저씨를 수상하게 생각한 이유가 <u>아닌</u> 것은 무엇인가요?**

(   )

① 아저씨가 채빈이에게 과자를 사 주어서
② 아저씨가 기동이에게 경비실을 알려 달라고 해서
③ 아저씨가 아파트에 처음 온 것 같은데 채빈이와 함께 있어서
④ 아저씨가 아파트 단지에서 점점 먼 곳으로 채빈이를 데리고 가서

사회 탐구 **2. 기동이는 119안전신고센터로 전화를 했습니다. 다음 중 119구조대원들이 하는 일이 <u>아닌</u> 것은 무엇인가요? (   )**

① 불이 난 곳의 불을 꺼 줍니다.
② 물건이 없어지면 범인을 잡아 줍니다.
③ 사고로 위험에 처한 사람을 구조해 줍니다.
④ 자연재해로 피해를 입은 마을 사람들을 도와줍니다.

논술 **3. 기동이가 119안전신고센터에 전화를 걸어서 어떻게 말했을지 말풍선에 써 보세요.**

"네가 119안전신고센터에 신고한 기동이니?"

"네, 아저씨."

경찰 아저씨는 기동이를 보면서 흐뭇한 미소를 지었어요. 기동이가 신고한 낯선 아저씨는 채빈이를 유괴하려고 했던 나쁜 아저씨였지요.

"기동이의 신고가 없었으면 큰일 날 뻔했습니다. 기동아, 아주 잘했어."

경찰 아저씨 말에 기동이는 싱글벙글 웃음이 나왔어요.

"우리 기동이, 최고야. 엄마는 네가 정말 자랑스러워."

엄마가 기동이를 안아 주며 칭찬을 할 때는 하늘을 날 것 같았지요.

"기동아, 정말 고마워. 네 덕분에 우리 채빈이를 구했어."

"기동이 오빠, 고마워."

그날 저녁 기동이는 아빠에게 칭찬도 받고, 손목이 나으면 일요일에 놀이공원에 가기로 했어요.

※ 유괴: 사람을 속여서 꾀어냄.

1. 기동이가 하늘을 날 것처럼 기분이 좋은 이유가 <u>아닌</u> 것은 무엇인가요?

(   )

① 기동이가 직접 유괴범을 잡아서

② 경찰 아저씨가 기동이를 칭찬해서

③ 엄마가 기동이를 자랑스럽다고 말해서

④ 채빈이 엄마가 기동이에게 고맙다고 말해서

2. 가끔 119안전신고센터로 장난 전화를 거는 친구가 있습니다. 장난 전화를 걸면 안 되는 이유에 대해 바르게 말하고 있는 친구는 누구인가요? (   )

① 벌금을 내니까 하지 말아야 해.

② 119구조대원들이 화를 내니까 하지 말아야 해.

③ 119구조대원들에게 꾸중을 들으니까 하지 말아야 해.

④ 장난 전화로 구조를 받지 못하는 사람이 있을 수 있으니 하지 말아야 해.

3. 기동이처럼 부모님에게 칭찬을 받았던 적이 있나요? 무엇 때문에 칭찬을 받았는지 써 보세요.

며칠 뒤, 기동이 반 선생님이 환하게 웃으며 교실로 들어왔어요.

"여러분, 우리 반에 아주 자랑스러운 친구가 있어요."

선생님은 기동이가 유괴범을 신고한 일을 아이들에게 전했어요.

"와, 대단하다. 기동이에게 그런 용기가 있었다니 멋있다."

아이들은 무척 놀라면서도 대단한 일을 한 기동이에게 박수를 쳐 주었어요. 아이들의 칭찬에 쑥스러워 머리를 긁던 기동이는 깜짝 놀랐어요. 민아가 기동이를 보며 활짝 웃고 있었거든요.

더욱 놀라운 일은 첫째 시간이 끝난 뒤에 찾아왔어요. 민아가 기동이한테 오더니 드디어 생일 초대장을 준 거예요.

"기동아, 이번 토요일이 내 생일인데, 우리 집에 와 줄래?"

"그럼, 당연하지! 꼭 갈게."

기동이의 대답이 어찌나 컸던지 친구들은 귀를 막을 정도였지요. 그 뒤로 기동이는 '용감한 기동이'라는 새 별명이 생겼답니다.

1. 다음 중 기동이에게 생긴 일이 <u>아닌</u> 것은 어느 것인가요? (   )

① 친구들이 기동이를 질투했습니다.

② 친구들이 기동이에게 박수를 쳐 주었습니다.

③ 민아가 기동이에게 생일 초대장을 주었습니다.

④ 선생님께서 기동이가 한 일을 칭찬해 주었습니다.

 2. 기동이에게 칭찬의 말을 잘한 친구는 누구인가요? (   )

① 넌 용감하고 대단해!

② 그깟 일로 으쓱대냐.

③ 에이, 내가 신고해서 칭찬받는 건데…….

3주 4일 학습 끝!

붙임 딱지 붙여요.

3. 기동이는 드디어 민아에게 생일 초대장을 받았습니다. 그날 저녁 기동이가 일기에 어떤 내용을 썼을지 써 보세요.

되돌아봐요

1 '우리 반 사고뭉치 기동이'를 잘 읽었나요? 다음 그림을 보고 일이 일어난 순서대로 번호를 쓰세요.

(1)

(2)

(3)

(4)

(5)

(6)

(　　) → (　　) → (　　) → (　　) → (　　) → (　　)

2 학교생활에서 지켜야 할 규칙이 <u>아닌</u> 것은 어느 것인가요? (　　　　)

① 친구와 사이좋게 지냅니다.

② 숙제는 검사하는 날 학교에서 합니다.

③ 수업 시간에는 적극적으로 참여합니다.

④ 놀이터나 화장실에서는 차례를 지킵니다.

3 기동이는 학교에서 쉴 새 없이 사고를 일으켰습니다. 기동이가 한 일과 그것 때문에 벌어진 일을 줄로 이으세요.

(1)

　•

　•　㉠

(2)

　•

　•　㉡

(3)

　•

　•　㉢

4 이 글을 읽고 깨달은 점이 <u>아닌</u> 것은 무엇인가요? (　　　　)

① 불량 식품을 사 먹지 않겠습니다.

② 낯선 사람을 보면 조심하겠습니다.

③ 친구의 생일 초대에는 꼭 가겠습니다.

④ 학교에서는 안전하게 행동하겠습니다.

5 유괴범을 신고한 기동이에게 하고 싶은 말이 있나요? 여러분의 생각이나 느낌을 쪽지로 써 보세요.

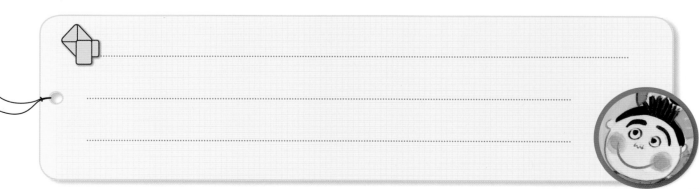

궁금해요

이럴 땐 이렇게 해요

우리는 가정이나 학교에서 많은 시간을 보내요. 그렇기 때문에 각 장소에서 안전하게 지내려고 노력해야 해요. 만일 여러분이 다쳤거나 위험한 상황에 있을 때에는 어떻게 행동해야 하는지 살펴봐요.

몸이 아프거나 다쳤을 때

갑자기 머리가 아프거나 배탈이 났을 때, 혹은 몸을 다쳤을 때 여러분은 어떻게 하나요? 그냥 혼자서 끙끙 앓고 있으면 안 돼요. 집에서 몸이 아플 때에는 어른들에게 아픈 곳을 말하고 빨리 병원에 가야 해요. 병원에서 치료를 받은 뒤 몸이 나을 때까지 충분히 쉬어야 해요. 병원에서 처방을 받은 약은 정해진 시각과 방법에 맞게 잘 지켜서 먹어야 하지요. 학교에서 몸이 아프

거나 다쳤을 때에는 선생님께 말씀드리고 보건실에 가서 보건실 선생님의 도움을 받아야 한답니다.

친구가 다쳤을 때

친구들과 생활하다 보면 종종 여러 가지 사고가 생겨요. 친구가 놀다가 넘어져 다치거나 운동 기구에서 떨어지거나, 또는 가위나 칼 등의 날카로운 물건에 손을 베었다면 어떻게 해야 할까요? 그럴 땐 먼저 친구를 달래 준 뒤에 선생님이나 어른들에게 알려야 해요. 어른이 없다면 119안전신고센터에 전화를 해요. 119안전신고센터에는 장난 전화를 해서는 안 됩니다.

사고를 당했을 때

불이나 뜨거운 물에 몸이 데는 일은 생각하기도 싫지만, 만일 화상을 입으면 빨리 응급 치료를 하는 것이 중요해요. 상처를 흐르는 차가운 물에 대어 상처의 열을 빨리 식혀야 하지요. 만약 양말이나 옷을 입은 채로 화상을 입었다면, 옷을 입은 채로 상처 난 곳을 차가운 물에 대야 해요. 양말이나 옷을 억지로 벗다가 상처가 심해질 수도 있거든요.

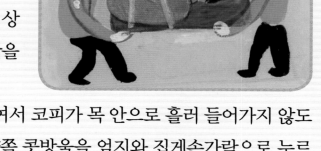

전기에 감전된 사람을 보았다면 빨리 119안 전신고센터에 신고해야 해요. 그리고 감전된 사람은 손으로 직접 만지면 안 돼요.

개나 고양이에게 물렸다면 흐르는 물에 상처를 깨끗이 씻은 다음 병원에 가서 꼭 진찰을 받아야 해요.

코피가 날 때에는 고개를 앞으로 약간 숙여서 코피가 목 안으로 흘러 들어가지 않도록 하고, 코는 풀지 않아야 해요. 그리고 양쪽 콧방울을 엄지와 집게손가락으로 누르고 5분 정도 있는 것이 좋아요. 그래도 코피가 멈추지 않는다면 병원에 가야 해요.

✏️ 여러분은 학교에서 아팠을 때 어떻게 행동했는지 써 보세요.

내가 할래요

내가 지켜야 할 생활 규칙을 만들어 봐요

여러분이 사고 없이 안전하게 생활하려면 기본적인 생활 규칙을 잘 지켜야 합니다. 그림을 보고 보기 와 같이 여러분이 지켜야 할 생활 규칙을 써 보세요.

보기

게임은 토요일에 한 시간만 하겠습니다.

복도에서는 얌전히 걷겠습니다.

위험한 곳에 올라가지 않겠습니다.

3주 학습 끝!

확인할 내용	잘함	보통임	부족함
1. 이번 주 학습을 5일(월요일~금요일) 안에 끝마쳤나요?			
2. 학교에서 지켜야 할 규칙을 잘 이해했나요?			
3. 친구와 사이좋게 지낼 수 있나요?			
4. 낯선 사람을 보면 조심할 수 있나요?			

★☆ 이 밖에 더 지켜야 할 규칙: ⋯⋯⋯⋯⋯⋯⋯⋯⋯⋯⋯⋯⋯⋯⋯⋯⋯⋯⋯⋯⋯

⋯⋯⋯⋯⋯⋯⋯⋯⋯⋯⋯⋯⋯⋯⋯⋯⋯⋯⋯⋯⋯⋯⋯⋯⋯⋯⋯⋯⋯⋯⋯⋯⋯⋯⋯⋯⋯⋯⋯

3주 5일
학습 끝!

붙임 딱지 붙여요.

전하는 말

4주

소개하는 글을
써 봐요

생각톡톡 우리나라의 자랑거리를 생각나는 대로 써 보세요.

관련교과 **[국어 2-1]** 여러 사람 앞에서 자신 있게 말하기
[통합교과 봄1] 친구와 사이좋게 지내기 / 자신을 소개하기 / 친구 소개하기
[통합교과 봄2] 나의 꿈 소개하기

세상에 하나뿐인 나를 소개합니다

이해력 1. 친구들에게 자기를 바르게 소개하는 친구는 누구인가요? (   )

① 저는 짝꿍 소라를 좋아 합니다.

② 우리 집 강아지가 새 끼를 세 마리 낳았습 니다.

③ 저는 이동호입니다. 학교 앞 숲속 아파트 에 삽니다.

분석력 2. 처음 만난 친구들에게 나를 소개하는 내용으로 알맞지 <u>않은</u> 것은 어느 것인 가요? (   )

① 내 이름
③ 내가 잘하는 것

② 내가 사는 곳
④ 내가 사는 집의 크기

논술 3. 나를 소개하는 글을 쓸 때에는 아래의 내용들이 들어가는 것이 좋습니다. 내 용에 맞게 빈칸에 써 보세요.

이름	
사는 곳	
가족	
잘하는 것	
좋아하는 것	
하고 싶은 말	

내 꿈을 소개합니다

승기의 꿈

저는 연예인이 되는 게 꿈이에요. 일곱 살 때는 해달별 유치원의 나무반 선생님처럼 사랑으로 아이들을 가르치는 선생님이 되고 싶었어요.

지금은 선생님도 될 수 있고 소방관도 될 수 있는 연예인이 되고 싶어요. 하지만 연예인이 되려면 텔레비전만 보면 안 된대요.

열심히 연기 연습도 하고, 책도 많이 읽어야 멋진 연예인이 될 수 있대요. 지금부터 노력해서 꼭 제 꿈을 이룰 거예요.

지원이의 꿈

제 꿈은 그림을 그리는 화가예요. 도화지에 여러 가지 색깔로 아름다운 그림을 그리고 싶거든요.

우리가 살고 있는 세상과 가족, 친구들 모습을 멋지게 그려서 전시회도 열고 사람들에게 제 그림을 선물도 할 거예요. 그래서 오늘부터 하루에 한 장씩 그림을 그리려고 해요. 어른이 될 때까지 계속 그리면 무척 많겠죠. 엄마가 노력하는 자세가 가장 중요하다고 했거든요.

제가 훌륭한 화가가 되는 걸 지켜봐 주세요.

1. 승기와 지원이의 꿈이 무엇인지 줄로 이으세요.

(1)　승기　•

(2)　지원　•

• ㉠
화가

• ㉡
연예인

 2. 친구들 앞에서 내 꿈을 소개하려고 합니다. 자신 있게 말하는 방법이 <u>아닌</u> 것은 어느 것인가요? (　　　　)

① 말끝을 흐리지 않고 말합니다.

② 듣는 사람을 바라보며 말합니다.

③ 고개를 숙이고 작은 소리로 말합니다.

④ 또렷한 목소리와 바른 발음으로 말합니다.

3. 여러분의 꿈을 소개하는 글을 보기 처럼 써 보세요.

보기

꿈　저의 꿈은 <u>화가</u>입니다.

되고 싶은 이유　<u>그림으로 나의 세상을 만들고 싶기</u> 때문입니다.

꿈을 이루려는 노력　<u>앞으로 꾸준히 그림을 그릴</u> 것입니다.

(1)　꿈

(2)　되고 싶은 이유

(3)　꿈을 이루려는 노력

우리 가족을 소개합니다

우리 가족은 아빠, 엄마, 동생과 저 이렇게 네 명입니다.

건축 설계를 하는 아빠는 가구 만드는 것을 좋아하셔서 우리 집에는 아빠가 만든 가구가 많아요. 엄마는 십자수와 퀼트를 무척 잘하십니다. 그래서 아빠가 의자나 선반을 만들면 엄마는 거기에 놓을 방석이나 인형을 만들어요.

동생 채빈이 돌잔치 때에는 엄마가 직접 만든 한복을 입기도 했지요. 무엇이든 척척 만들어 내는 아빠, 엄마가 저는 참 좋습니다. 그렇지만 제가 잘못했을 때 야단을 치는 엄마 모습은 무서운 도깨비 같습니다.

유치원에 다니는 동생 채빈이가 말을 안 듣고 장난칠 때면 짜증이 나기도 하지만 제 심부름도 해 주고 말을 잘 들을 때는 정말 예뻐요. 노래도 잘해요. 그래서 동생이 없는 친구가 저를 부러워하면 마음이 우쭐해지곤 하지요.

저는 우리 가족 중 누가 가장 좋다고 말할 수 없습니다. 왜냐하면 우리 가족 모두를 똑같이 사랑하기 때문이랍니다.

※ **십자수**: 실을 '十(열 십)' 자 모양으로 엇갈리게 놓는 수.
※ **퀼트**: 이불, 쿠션 따위에 누비질을 하여 무늬가 두드러지게 하는 방법.

1. 이 글의 글쓴이는 가족의 어떤 모습을 자랑했는지 써 보세요.

(1) **아빠**

(2) **엄마**

(3) **동생**

 2. 우리 가족을 소개하기에 적당하지 <u>않은</u> 사람을 골라 ◯표 하세요.

(1) 친구들 (　　　　)　　　(2) 우리 할머니 (　　　　)　　　(3) 우리 반 선생님 (　　　　)

 3. 여러분의 가족을 소개하는 글을 써 보세요.

우리 가족은

4주 1일
학습 끝!

붙임 딱지 붙여요.

113

우리 집 강아지를 소개합니다

우리 집 강아지 이름은 몽실이와 몽돌이입니다.

나이는 모두 한 살이고, 털은 뭉게구름처럼 하얗고 복슬복슬해요. 몸집은 제 품에 쏙 안길 정도로 작고 가볍습니다.

몽실이와 몽돌이는 먹을 것을 무척 좋아합니다. 제가 학교에 갔다 오기만 하면 먹을 것을 달라고 꼬리를 흔들며 멍멍 짖어요.

몽돌이는 우리 가족뿐 아니라 모든 사람을 좋아해요. 모르는 사람이 와도 꼬리를 살랑살랑 흔들며 반가워하지요. 하지만 몽실이는 낯선 사람이 오면 마구 짖어요. 가까이 가지도 않아요.

하루는 놀러 오신 할아버지, 할머니한테도 몽실이가 짖어서 한참을 달래야 했어요. 할머니는 몽실이 때문에 손자도 마음대로 보러 오지 못하겠다고 서운해 하셨지요.

몽실이와 몽돌이 성격이 반반씩 섞이면 좋겠어요. 그러면 몽돌이가 혹시라도 낯선 사람을 따라갈까 걱정하지 않아도 되고, 할아버지와 할머니, 그리고 친구들이 집에 와도 몽실이가 짖지 않을 테니까요.

그래도 저는 몽실이와 몽돌이가 정말정말 귀엽고 사랑스럽습니다. 제가 커서 어른이 될 때까지 함께 살았으면 좋겠습니다.

이해력 1. 이 글에서 소개하고 있는 내용이 <u>아닌</u> 것은 어느 것인가요? (   )

① 강아지 이름

② 강아지 나이

③ 강아지 생김새

④ 강아지가 싫어하는 놀이

분석력 2. 이 글에서 소개하고 있는 강아지에 대한 느낌을 잘 표현한 낱말을 보기 에서 모두 찾아 ◯표 하세요.

보기   무섭다   귀엽다   짓궂다   강하다   활발하다   사랑스럽다   고집스럽다

논술 3. 이 글에서 소개한 몽실이의 모습을 보기 처럼 다른 대상에 빗대어 표현해서 써 보세요.

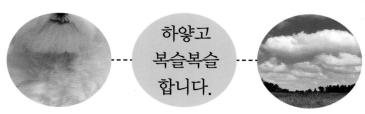

보기   몽실이의 털은 뭉게구름처럼 하얗고 복슬복슬합니다.

하얗고 복슬복슬 합니다.

• 몽실이의 눈은 _____ 처럼 동그랗습니다.

• 몽실이의 코는 _____ 처럼 윤기가 납니다.

• 몽실이의 귀는 _____ 처럼 큽니다.

내 친구를 소개합니다

내 친구 한솔이를 소개합니다. 한솔이는 유치원에서 사귄 친구입니다.

초등학교에 들어와서도 사이좋게 지내다가 몇 달 전에 제가 서울에서 대전으로 이사 오면서 헤어졌습니다.

한솔이는 키가 저보다 한 뼘이나 크고 덩치도 6학년 형만큼 커요. 그래서 친구들과 축구 경기를 할 때면 친구들이 모두 한솔이를 피해 다닙니다. 한솔이와 부딪히기라도 하면 거의 모든 친구들이 넘어지기 때문이에요.

하지만 한솔이는 마음이 부드러운 솜같이 여려서 저와 헤어지던 날 엉엉 울었습니다. 저도 한솔이가 우는 바람에 같이 울었지요.

그날 한솔이는 저에게 한솔이가 가장 아끼는 딱지를 선물로 주었습니다. 그러면서 이사 가더라도 서로를 잊지 말자고 했어요.

다음에 한솔이네 집에 놀러 가면 제가 만든 딱지를 한솔이에게 선물로 줄 거예요. 한솔이를 빨리 만나러 가면 좋겠습니다.

※ **여리다**: 의지나 감정 따위가 모질지 못하다.

1. 이 글에서 소개하는 한솔이와 관계있는 것 두 가지에 ◯표 하세요.

(1) 한솔이는 몸집이 작고 약합니다. (　　　)

(2) 한솔이는 글쓴이와 헤어질 때 엉엉 울었습니다. (　　　)

(3) 한솔이는 농구를 무척 잘하는 친구입니다. (　　　)

(4) 한솔이는 글쓴이가 유치원에서 사귄 친구입니다. (　　　)

 2. 이 글에서 소개하는 한솔이의 모습을 줄로 이으세요.

(1)　키　•

(2)　덩치　•

(3)　마음　•

　•　㉠ 6학년 형만큼 큼.

　•　㉡ 부드러운 솜 같음.

　•　㉢ 글쓴이보다 한 뼘 큼.

3. 여러분의 친구를 소개할 때에 필요한 내용을 보기 처럼 빈칸에 써 보세요.

보기		
처음	이름	이한솔
	소개하려는 까닭	좋아하는 친구이기 때문입니다.
중간	모습	키가 나보다 한 뼘이나 크고 덩치도 큽니다.
	잘하는 것	축구
	성격	마음이 여립니다.
끝	나의 생각이나 느낌	한솔이를 빨리 만나고 싶습니다.

처음	(1) 이름	
	(2) 소개하려는 까닭	
중간	(3) 모습	
	(4) 잘하는 것	
	(5) 성격	
끝	(6) 나의 생각이나 느낌	

우리 반 선생님을 소개합니다

2학년 3반 임소정 선생님을 소개합니다.

선생님은 우리 엄마보다 키가 조금 작고 체격은 아담하십니다. 선생님은 아침마다 우리들에게 한자를 가르쳐 주십니다. 그리고 글자는 마음을 보여 주는 거라며 항상 또박또박 정성껏 쓰라고 말씀하십니다.

저는 한자가 어려워서 처음에는 한자 쓰기가 힘들었는데 자꾸 쓰다 보니 조금씩 잘 쓰게 되고 칭찬도 받으니 한자를 배우는 시간이 좋아졌습니다.

선생님은 점심시간에는 무조건 운동장에 나가서 놀라고 하십니다. 그래야 키도 크고 건강해진다며 특별한 일이 없으시면 우리와 함께 운동장에서 줄넘기도 하고 술래잡기도 하십니다. 그럴 때면 선생님이 우리와 친구가 된 것 같아서 참 좋습니다.

항상 우리를 엄마처럼 챙겨 주시고, 잘 웃고 칭찬을 많이 해 주시는 친절한 우리 선생님이 저는 참 좋습니다.

이해력 **1. 이 글에서 소개하는 사람은 누구인가요? (   )**

① 우리 가족

② 우리 부모님

③ 우리 반 선생님

④ 우리 반 친구들

 추리력 **2. 다음 중 선생님이 칭찬할 만한 한자 쓰기에 ◯표 하세요.**

(1)
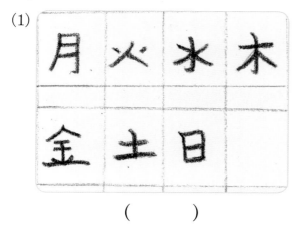
(   )

(2)
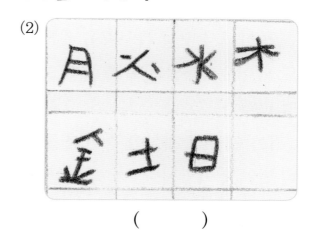
(   )

 논술 **3. 우리 반 선생님을 소개할 때에 필요한 내용을 빈칸에 써 보세요.**

(1) 겉모습

(2) 좋은 점

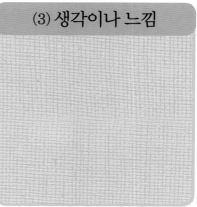
(3) 생각이나 느낌

4주 2일
학습 끝!

붙임 딱지 붙여요

우리 반 친구들을 소개합니다

수민이네 반

우리 반 친구들의 모습은 무척 다양합니다.

매일매일 재미있는 이야기로 우리를 웃기는 친구가 있는가 하면, 걸핏하면 싸우지만 금방 화해하는 친구도 있지요.

수학이나 영어를 좋아해서 쉬는 시간에도 그것과 관련된 책을 보는 친구도 있고, 축구를 좋아해서 항상 축구공을 갖고 다니는 친구도 있어요. 항상 만화를 그리고 있는 친구도 있고요.

저는 이렇게 개성이 강한 친구들이 모인 우리 반을 좋아합니다.

윤아네 반

저는 그림을 잘 그리는 우리 반이 좋아요.

우리 반에서 그림을 가장 잘 그리는 친구는 김민규예요. 민규는 그림을 그리는 시간이 다른 친구들보다 오래 걸리지만 완성된 그림을 보면 꼭 화가가 그린 그림처럼 멋져요. 민규는 그림 대회에서도 상을 여러 번 탔어요.

민규의 그림은 학교 복도에도 걸려 있어요. 그래서 나는 김민규가 있는 우리 반이 자랑스러워요.

 이해력 1. 이 글을 읽고 자기 반 친구들을 잘 소개하고 있는 글에 ◯표 하고, 그렇게 생각한 까닭은 무엇인지 쓰세요.

(1) 수민이네 반을 소개하는 글 (　　　　　)　　　　(2) 윤아네 반을 소개하는 글 (　　　　　)

(3) 그렇게 생각한 까닭: _____

분석력 2. 우리 반 친구들을 소개하는 글을 쓸 때에 주의할 점이 <u>아닌</u> 것은 어느 것인가요? (　　　　)

① 친구들의 특징을 씁니다.

② 내가 좋아하는 친구에 대해서만 씁니다.

③ 친구들에 대한 나의 생각이나 느낌을 씁니다.

④ 우리 반 친구들을 소개하려는 까닭에 대해서 씁니다.

논술 3. 멀리 있는 친구나 친척에게 우리 반 친구들을 소개하는 글을 써 보세요.

👤 받는 사람		
✉ 제목		
📎 파일 첨부		

➡보내기　임시 저장　미리 보기

우리 학교를 소개합니다

우리 학교는 다른 학교에 비해 크기는 작지만 저는 우리 학교가 좋아요.

우리 학교 교장 선생님은 할머니처럼 인자하십니다. 우리를 볼 때마다 "사랑합니다."라고 하시면서 두 손을 머리 위로 올리며 인사를 하시지요. 그러면 우리도 "사랑합니다."라고 대답을 합니다.

우리 학교는 학생과 그 가족들이 함께 참여하는 행사가 많아요. 이번 학예회에서는 가족 노래자랑을 해서 무척 재미있었습니다. 바자회에서는 엄마와 함께 물건을 팔아서 번 돈으로 동화책을 사서 책을 필요로 하는 아이들에게 보내 주기도 했어요.

저는 학교 행사를 통해 가족의 사랑과 친구와의 우정을 배웠습니다. 교장 선생님께서 공부도 중요하지만 사람에 대한 사랑과 믿음이 더 중요하다고 말씀하시는 것도 이해가 되었지요.

좋은 선생님과 좋은 친구들이 있는 우리 학교가 저는 정말 좋습니다.

이해력 1. 이 글에서 소개하는 학교에 대해 생각 그물로 정리해 보세요.

크기: 다른 학교에 비해 작습니다.

교장 선생님: 할머니처럼 인자하십니다.

우리 학교

(1) 많이 하는 행사:

(2) 행사에서 배운 점:

 분석력 2. 글쓴이가 소개한 학예회의 모습은 다음 중 어느 것인가요? (   )

①

②

③

 논술 3. 여러분이 다니는 학교에서 했던 행사에 대해 소개하는 내용을 빈칸에 써 보세요.

(1) 행사 종류(이름):

(2) 행사에서 한 일:

(3) 행사에서 느낀 점:

존경하는 사람을 소개합니다

제가 존경하는 사람은 광개토 대왕입니다.

저는 어릴 때 세계 지도를 보고 우리나라가 무척 작다고 느꼈습니다. 그래서 미국이나 중국처럼 우리나라가 넓었으면 좋겠다고 생각했었습니다. 하지만 광개토 대왕에 대한 책을 읽고 그런 생각이 완전히 바뀌었습니다.

광개토 대왕은 고구려의 왕으로 우리나라의 영토를 크게 넓혔던 왕입니다. 열여덟 살에 왕의 자리에 오른 광개토 대왕은 우리나라의 막강한 힘을 보이려고 영토를 북쪽으로 넓혀서 중국의 만주 벌판까지 차지했었습니다. 현재 우리나라 영토보다 훨씬 넓은 땅을 고구려 때 가졌던 것입니다.

광개토 대왕은 땅이 넓고 큰 것이 중요한 것이 아니라 마음을 넓게 갖는 것이 무엇보다 중요하다는 것을 깨닫게 해 주신 분입니다.

저도 광개토 대왕의 용맹과 총명함을 본받아서 우리나라에 꼭 필요한 사람이 되어, 전 세계에 우리나라를 알릴 수 있도록 노력하겠습니다.

* 만주: 중국 동북 지방을 이르는 말.

이해력 1. 광개토 대왕이 한 일 중에서 이 글에 나타나 있는 것은 어느 것인가요?

(   )

① 영토를 넓혔습니다.　　　② 한글을 만들었습니다.

③ 거북선을 만들었습니다.　　④ 측우기를 만들었습니다.

 분석력 2. 이 글에 나오는 낱말입니다. 뜻이 반대인 낱말끼리 줄로 이으세요.

(1) 넓히다 •　　　　　　　　　　　• ㉠ 크다

(2) 작다 •　　　　　　　　　　　• ㉡ 좁히다

(3) 깨닫다 •　　　　　　　　　　　• ㉢ 모르다

 논술 3. 여러분이 존경하는 사람과 그 사람을 존경하는 까닭을 보기 처럼 써 보세요.

보기

저는 아빠를 존경합니다.
왜냐하면 아빠는 우리를 위해 몸도 아끼지 않고 매일매일 열심히 일하시기 때문입니다.

저는 _____

_____

_____

_____

_____

_____

4주 3일
학습 끝!

붙임 딱지 붙여요.

125

재미있게 읽은 책을 소개합니다

얼마 전에 감동적으로 읽은 "플랜더스의 개"라는 책을 소개할게요.

이 이야기는 우유 배달을 하는 할아버지와 네로가 거리에 쓰러져 있는 개를 발견하면서부터 시작되어요. 네로는 그 개를 파트라셰라고 불렀어요.

네로는 가난했지만 할아버지, 친구 알로이스, 파트라셰와 행복하게 지냈어요. 그러다가 할아버지가 병으로 돌아가시자 돈이 없어서 굶기도 하고, 집세를 못 내어 살던 집에서 쫓겨나기도 했지요.

이 책에는 슬픈 장면이 많이 나와요. 그중에서 네로가 자신이 가장 보고 싶어 했던 그림 앞에서 파트라셰와 함께 죽는 장면은 정말 슬펐어요.

알로이스의 아버지 코제 씨는 가난한 네로를 미워하고 무시하다가 네로가 죽은 뒤에야 후회해요. 그래서 저는 코제 아저씨가 미웠지요.

네로가 화가가 되고 싶은 꿈을 이루지 못하고 죽는 모습이 안타까워서 눈물도 흘렸지만 정말 재미있게 읽은 책이에요.

여러 친구들도 이 책을 읽으면 감동을 받을 거예요.

분석력 1. 글쓴이는 "플랜더스의 개"를 누구에게 소개하고 있나요? (   )

① 이 책을 읽은 어른들에게   ② 이 책을 읽은 언니들에게

③ 이 책을 잘 아는 친구들에게   ④ 이 책을 읽지 않은 친구들에게

이해력 2. 이 책의 줄거리를 정리하려고 합니다. 빈칸에 알맞은 말을 쓰세요.

우유 배달을 하는 ☐☐ 와 할아버지는 거리에서 개를 발견하고, 그 개를

☐☐☐☐ 라고 불렀어요. 네로는 파트라셰, 친구 알로이스와 행복

하게 지내지만 할아버지가 돌아가시자 생활이 어려워집니다. 네로와 파트라셰는

배고픔과 사람들의 무시 속에서 어느 추운 날 세상을 떠납니다.

논술 3. 여러분이 재미있게 읽은 책을 소개하려고 할 때에 필요한 내용을 보기 처럼 빈칸에 써 보세요.

보기 제목	플랜더스의 개
소개하려는 까닭	감동적이어서
소개하고 싶은 내용	네로가 가장 보고 싶어 했던 그림 앞에서 파트라셰와 함께 죽는 내용
책을 읽고 생각하거나 느낀 점	슬퍼서 눈물도 났지만 재미있었다.

(1) 제목	
(2) 소개하려는 까닭	
(3) 소개하고 싶은 내용	
(4) 책을 읽고 생각하거나 느낀 점	

재미있게 한 일을 소개합니다

제가 재미있게 키우며 관찰한 장수풍뎅이에 대해 소개하겠습니다.

얼마 전 제가 기르던 장수풍뎅이 애벌레 돌돌이가 드디어 껍질을 깨고 어른벌레가 되었습니다. 저는 돌돌이를 기르기 시작한 날부터 먹이통에 톱밥과 물을 담아 주고 일주일마다 그것을 갈아 주었습니다.

그러던 어느 날 톱밥을 갈아 주기 위해 먹이통을 연 순간, 뿔이 난 수컷 어른벌레가 된 장수풍뎅이를 발견했습니다.

그런데 장수풍뎅이 뿔이 약간 비뚤어져 있었습니다. 깜짝 놀라 아빠에게 물었더니 번데기 방을 작게 만들면 뿔이 삐뚤게 나올 수도 있다고 하셨습니다. 장수풍뎅이는 번데기 방을 세워서 만드는데, 이때 번데기 방이 작으면 뿔이 한쪽으로 밀리면서 휘어지기 때문이지요.

그래도 장수풍뎅이는 건강하다니 앞으로 더 잘 키우겠습니다.

※ **번데기**: 완전 탈바꿈을 하는 곤충의 애벌레가 어른벌레로 되는 과정 중에 한동안 아무것도 먹지 않고 고치 같은 것의 속에 가만히 들어 있는 몸.

1. 글쓴이가 재미있게 한 일은 어느 것인가요? (   )

① 장수풍뎅이 종이접기   ② 장수풍뎅이 애벌레 잡기

③ 장수풍뎅이 애벌레 기르기   ④ 장수풍뎅이 애벌레 그리기

 2. 장수풍뎅이에 대한 설명으로 옳은 것을 두 가지 고르세요. (   )

① 여덟 개의 다리를 가졌습니다.

② 색깔은 흰색이며 광택이 납니다.

③ 수컷의 머리에는 뿔처럼 뾰족한 부분이 있습니다.

④ 애벌레와 번데기 과정을 거쳐서 어른벌레가 됩니다.

 3. 여러분이 최근에 재미있게 한 일을 소개하려고 할 때에 필요한 내용을 빈칸에 써 보세요.

(1) 재미있게 한 일	
(2) 어디에서	
(3) 누구와	
(4) 생각이나 느낌	

재미있게 한 놀이를 소개합니다

어제 친구들과 '무궁화꽃이 피었습니다'라는 놀이를 했습니다.

제가 좋아하는 놀이 중 하나인데 무척 재미있습니다. 먼저 가위바위보로 술래를 정한 뒤, 술래는 벽이나 나무를 보고 서 있습니다. 친구들은 술래와 떨어진 곳에 출발선을 만들고 그 뒤에 서 있습니다.

술래가 눈을 가리고 "무궁화꽃이 피었습니다"라고 외침과 동시에 친구들은 술래에게 조금씩 다가갑니다. 반면 술래는 "무궁화꽃이 피었습니다"라는 말을 외친 뒤 재빨리 뒤를 돌아봅니다. 이때 움직이는 친구를 보면 불러냅니다. 술래에게 걸린 사람은 술래와 새끼손가락을 걸고 기다립니다.

놀이를 하는 동안 친구들은 술래에게 가까이 가서 술래에게 잡힌 친구의 손을 떼어 냅니다. 그러면 술래를 뺀 모든 친구들은 출발선 밖으로 도망칩니다. 술래는 도망치는 친구들을 잡습니다. 출발선 안에서 술래에게 잡히면 새로운 술래가 되고, 술래가 아무도 잡지 못하면 다시 술래가 됩니다.

친구들도 꼭 '무궁화꽃이 피었습니다' 놀이를 해 보세요.

이해력 1. 글쓴이는 이 글에서 무엇에 대해 소개하고 있나요? (   )

① 무궁화꽃을 피우는 방법에 대해 소개하고 있습니다.

② 무궁화꽃을 관찰하는 방법을 소개하고 있습니다.

③ '무궁화꽃이 피었습니다'라는 놀이에 대해 소개하고 있습니다.

분석력 2. 이 글의 놀이 규칙에 따를 때에 술래가 되는 경우를 두 가지 찾아 ◯표 하세요.

(1) 가위바위보를 해서 졌습니다. (   )

(2) 술래에게 움직이는 걸 들켰습니다. (   )

(3) 술래에게 잡힌 친구의 손을 떼어 냈습니다. (   )

(4) 도망가다가 출발선 안에서 술래에게 잡혔습니다. (   )

논술 3. 사진 속 놀이를 소개하려고 합니다. 이 글과 같이 놀이 방법이나 규칙이 나타날 수 있도록 다음 내용을 써 보세요.

(1) 놀이 이름 :

(2) 놀이 장소 :

(3) 놀이 방법 :

(4) 놀이 규칙 :

4주 4일
학습 끝!

붙임 딱지 붙여요.

1 나를 소개하는 글을 쓸 때에 쓰지 <u>않아도</u> 되는 내용은 어느 것인가요? (   )

① 내 성격   ② 부모님 모습   ③ 내가 사는 곳   ④ 내가 잘하는 것

2 다른 사람에게 나를 소개하여 본 경험을 써 보세요.

(1) 언제, 어디에서, 누구에게, 나를 소개했나요?

(2) 소개한 내용은 무엇이었나요?

3 우리 가족을 소개하는 글을 읽고 잘못 쓴 글자를 찾아 바르게 쓰세요.

> 저는 할아버지, 할머니, 엄마, 아빠와 같이 삽니다.
> 할아버지는 초등학교 선생님이셨는데 장년에 퇴직하시고, 지금은 아파트 경비원으로 일하십니다. 할머니는 꽃을 좋아하셔서 마당에 꽃과 채소를 심어서 길으십니다.
> 아빠와 엄마는 모두 초등학교 선생님이십니다. 할아버지가 엄마를 보시고 마음에 드러서 아빠를 소개시켜 주셨대요.

잘못 쓴 글자		바른 글자
(1)		
(2)	→	
(3)		

4 좋아하는 책을 소개하는 글을 쓸 때에 주의할 점이 <u>아닌</u> 것은 어느 것인가요?

(   )

① 줄거리를 씁니다.   ② 책 이름을 씁니다.

③ 책을 읽은 느낌만 씁니다.   ④ 주인공이 누구인지 씁니다.

5 소개하는 글을 읽으면 좋은 점 두 가지를 고르세요. (   )

① 소개하는 대상에 대해 알 수 있습니다.

② 소개하는 대상이 잘못한 일에 대해 알 수 있습니다.

③ 소개하는 대상을 듣는 사람이 직접 만날 수 있습니다.

④ 소개하는 대상에 대한 글쓴이의 생각을 알 수 있습니다.

6 소개하는 글은 여러 가지를 글감으로 쓸 수 있습니다. 앞의 글감과 다르게 여러분이 새롭게 소개하고 싶은 것에는 어떤 것이 있는지 생각하여 써 보세요.

궁금해요

소개하는 글을 써 봐요

1. 소개하는 글이란 무엇인가요?

읽는 사람이 모르는 내용, 글쓴이가 새롭게 알게 된 내용이나 이미 알고 있는 내용을 다른 사람에게 알려 주기 위해서 쓰는 글입니다.

> 우리 반 친구들에게 소개하는 글이니 알아듣기 쉬운 말로 써야지.

2. 소개하는 글은 어떻게 써야 할까요?

- 누구에게 무엇을 소개할 것인지 정해야 합니다.
- 읽을 사람이 알고 싶어 하는 내용을 소개해야 합니다.
- 중요한 내용을 중심으로 소개해야 합니다.
- 소개하고 싶은 내용을 자세하게 써야 합니다.

> 얼마 전에 읽은 책을 친구에게 소개해야지. 친구가 책 내용이 궁금하다고 했으니까 좋아할 거야.

3. 소개할 대상(글감)을 어떻게 정할까요?

- 읽을 사람이 잘 모르는 내용으로 정합니다.
- 재미있게 들었거나 흥미롭게 보았던 내용으로 정합니다.
- 읽을 사람이 알고 싶어 하는 내용으로 정합니다.

> 실제 겪은 일이나 잘 알고 있는 것을 써야 하고, 자세하게 쓰되 길지 않게 사실대로 써야 해.

4. 소개할 대상(글감)에 대해 어떻게 알아봐야 할까요?

- 소개할 대상에 대한 글을 찾아 읽습니다.
- 소개할 대상에 대해 잘 아는 사람에게 물어봅니다.
- 소개할 대상과 관련된 경험을 떠올려 봅니다.
- 소개할 대상에 대해 더 잘 알 수 있도록 사진이나 그림 자료를 찾아봅니다.

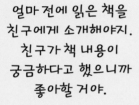

5. 소개하는 글은 어떤 순서로 쓸까요?

> 소개할 대상(글감) 정하기
>
> ↓
>
> 어떤 점을 소개할지 정하기
>
> ↓
>
> 어떤 차례로 쓸지 정하기
>
> ↓
>
> 소개할 내용을 차례에 맞게 간단하게 정리하기
>
> ↓
>
> 글을 쓰는 방법을 생각하며 글쓰기
>
> ↓
>
> 쓴 글을 다시 한번 읽어 보기
>
> ↓
>
> 잘못된 부분을 바르게 고쳐 쓰기

6. 소개하는 글을 쓸 때에 어떤 점에 주의해야 할까요?

• 대상에 대해 자세하게 씁니다.

• 내용이 길지 않도록 써야 합니다.

• 실제로 겪은 일이나 잘 알고 있는 것에 대해서 써야 합니다.

• 재미를 주려고 사실과 다르게 쓰지 않아야 합니다.

> 내용을 꾸며 쓰지 말고 사실을 정확하고 간결하게 써야 해.

7. 소개하는 글을 고쳐 쓸 때에 살펴볼 점은 무엇인가요?

• 읽을 사람의 수준에 맞게 썼는가?

• 소개하는 내용을 자세하게 썼는가?

• 읽을 사람이 알고 싶어 하는 내용을 썼는가?

• 잘못된 정보를 소개하지는 않았는가?

• 잘못 쓴 글자는 없는가?

> 소개하는 글의 내용을 살펴볼 점에 맞추어 '예, 아니 오'로 정리하고 고쳐 봐.

✎ 여러분이 친구들에게 소개하고 싶은 것은 무엇이고, 어떤 점을 소개할지 써 보세요.

내가 할래요

우리 학교를 소개해 봐요

학교는 여러분이 오랜 시간을 보내는 곳입니다. 우리 학교에 대해 정리해 보고, 학교를 소개하는 글을 써 보세요.

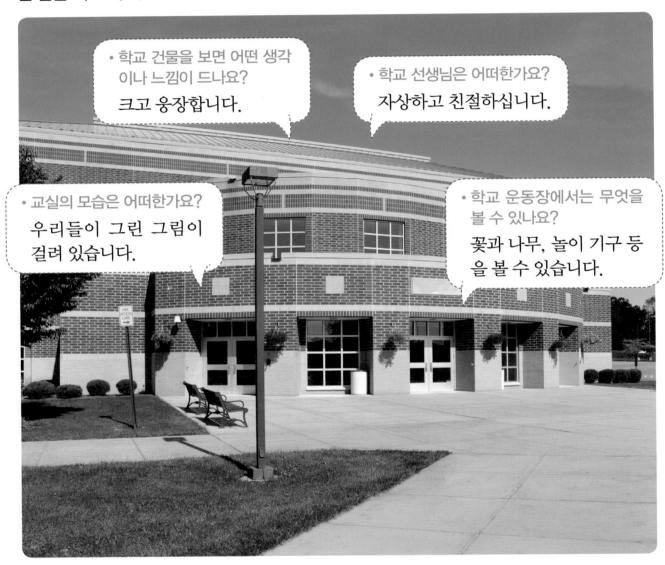

• 학교 건물을 보면 어떤 생각이나 느낌이 드나요?
크고 웅장합니다.

• 학교 선생님은 어떠한가요?
자상하고 친절하십니다.

• 교실의 모습은 어떠한가요?
우리들이 그린 그림이 걸려 있습니다.

• 학교 운동장에서는 무엇을 볼 수 있나요?
꽃과 나무, 놀이 기구 등을 볼 수 있습니다.

4주
학습 끝!

확인할 내용	잘함	보통임	부족함
1. 이번 주 학습을 5일(월요일~금요일) 안에 끝마쳤나요?			
2. 소개하는 글에 대해 잘 이해했나요?			
3. 소개하는 글을 쓸 때에 들어가야 할 내용을 알고 있나요?			
4. 소개하는 글을 잘 쓸 수 있나요?			

B단계 1권 정답및해설

1주 사랑의 학교

예 수업 시간에 바른 자세로 앉아 선생님 말씀을 듣습니다. / 친구와 사이좋게 지냅니다.

1 ③   **2** (1) ㉡, ②   (2) ㉠, ①   **3 예** (1) 엄마가 학교 준비물을 챙겨 주셨습니다.   (2) 스스로 학교 준비물을 챙깁니다.

1 이 글은 초등학생인 주인공 엔리코가 학교생활을 일기 형식으로 쓴 글입니다. 새 학년이 10월에 시작된다는 것이 우리나라와 다릅니다.

2 엔리코는 4학년, 동생은 1학년입니다.

3 신체 변화나 학교에서의 생활, 가정에서의 생활에서 1학년 때와 어떤 점들이 달라졌는지 생각해 봅니다.

1 (1) 54   (2) 15~16   **2** 검은색   **3 예** 저는 우리 반에서 책 읽기로 1등을 하고 싶어요. 책을 많이 읽을수록 지혜가 쌓이고 아는 것도 많아지거든요.

1 쉰은 열의 다섯 배가 되는 수를, 대여섯은 다섯이나 여섯쯤 되는 수를 뜻합니다.

3 학교생활을 하는 데 있어 가장 가치 있다고 생각하는 것은 무엇인지 생각해 봅니다.

1 ③   **2** (2) ○   **3 예** (1) 1학년 때 담임 선생님 (2) 우리가 하는 말에 항상 귀 기울여 주셨기 때문입니다.

3 내가 좋아하는 선생님과 그 까닭을 생각해 봅니다.

1 ②   **2** (1) ○   (3) ○   **3 예** 나라면 벌을 주지 않을 거예요. 왜냐하면 말로 타일러도 충분히 알아들을 수 있기 때문입니다.

3 수업 시간에 규칙을 어긴 학생에게 어떻게 할지 생각해 봅니다.

1 ①, ③, ④   **2** ②   **3 예** 프란티, 만약 친구들이 네 부모님을 흉본다면 기분이 어떻겠니? 친구의 부모님이나 불편한 몸을 흉보는 건 나쁜 행동이야. 크로시에게 사과하고 앞으로는 그러지 마.

3 친구를 놀리는 심술궂은 친구에게 어떤 충고의 말을 해 주고 싶은지 생각해 봅니다.

1 ③   **2** 해설 참조   **3 예** (1) 김민석   (2) 우리 반에 자폐증이 있는 아이가 있는데 늘 그 아이 옆에서 얘기도 들어 주고, 함께 놀아 주기 때문입니다.

1　친구에게 화내는 일은 배려가 아닙니다.

2

3　힘없고 약한 친구들 편이 되어 주는 정의롭고 마음 따뜻한 친구가 있는지 살펴봅니다.

1주　25쪽

1 (1) ㉠, ㉡, ㉣　(2) ㉢, ㉤, ㉥　**2** ①, ②　**3** 예 (1) 밤에 군것질하는 것　(2) 군것질한 뒤 양치를 안 하고 그대로 잠을 자기 때문에

2　넬리는 뼈(척추)에 이상이 있어 등이 굽고 혹 같은 것이 튀어나와 있는 척추 장애인입니다.

3　부모님이 못 하게 하는 일과 그 까닭은 무엇인지 생각해 봅니다.

1주　27쪽

1 ②　**2** (2) ∨　(4) ∨　**3** 예 (1) 닉 부이치치 (2) 팔다리가 없지만 장애를 극복하고 행복 전도사로 전 세계를 돌아다니며 사람들에게 꿈과 희망을 주고 있습니다.

1　백지장은 창백한 얼굴빛을 비유적으로 이르는 말입니다.

2　안에서 하는 생활은 실내 생활, 밖에서 하는 생활은 실외 생활입니다.

3　스티븐 호킹, 네 손가락 피아니스트 이희아 등 우리 주변에는 장애를 극복한 사람들이 무척 많습니다.

1주　29쪽

1 ③　**2** ④　**3** 예 (1) 저는 시험은 있어야 한다고 생각합니다.　(2) 시험이 없으면 공부를 하지 않아서 아는 것이 없는 사람이 될 수도 있기 때문입니다. / (1) 저는 시험은 없어야 한다고 생각합니다.　(2) 시험 때문에 학교생활이 즐겁지 않기 때문입니다.

3　시험에 대한 내 생각과 그렇게 생각한 이유에 대해 타당한 근거를 제시합니다.

1주　31쪽

1 ②　**2** 해설 참조　**3** 예 (1) 음악, 노래 부르는 것을 좋아하기 때문입니다.　(2) 수학, 계산이 빠르지 않기 때문입니다.　(3) 큰 소리로 웃기, 웃으면 행복해지기 때문입니다.

2　시험지를 보기 전에는 걱정스러웠으나 시험지를 본 뒤에는 빙그레 웃었습니다.

3　각 과목에 대한 내 생각과 새로 만들고 싶은 시험을 생각해 봅니다.

1주　33쪽

1 ①　**2** ①, ②, ④　**3** 해설 참조

3

잘한 일	잘하지 못한 일
친구와 사이좋게 지냈습니다.	수학 공부를 게을리했습니다.
음식을 잘 먹었습니다.	친구와 싸웠습니다.
학원에 잘 다녔습니다.	약속을 못 지켰습니다.
방 정리를 잘했습니다.	늦잠을 잤습니다.
숙제를 잘했습니다.	동생과 싸웠습니다.

1주　35쪽

1 (3) X　**2** ④　**3** 해설 참조

3

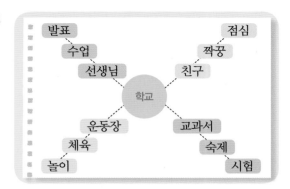

발표
점심
수업
짝꿍
선생님
친구
학교
운동장
교과서
체육
숙제
놀이
시험

1주 36~37쪽 되돌아봐요

1 (1) 엔리코 (2) 페르보니 (3) 갈로네 (4) 넬리 2 (1) ○ (2) ○ (4) ○ 3 ② 4 예 행복한 학교생활이 끝났구나. 아쉽고 슬퍼. 5 예 아침에 일찍 일어나기, 준비물 꼭 챙기기, 숙제는 내 힘으로 하기

---

2 우리나라는 3월에 새 학년이 시작되어 다음 해 2월에 종업식을 하고, 시험 성적이 낮다고 진급을 못 하지는 않습니다.

5 새 학년이 될 때 바라고 기대하는 일이 무엇인지 생각해 봅니다.

1주 39쪽 궁금해요

✐ 예 이마음, 마음이는 항상 고운 말만 쓰고 인사를 무척 잘합니다.

1주 41쪽 내가 할래요

● 예 1위 자상하고 인자하신 선생님이 있습니다. 2위 학생들이 마음껏 뛰놀 수 있는 넓은 운동장이 있습니다. 3위 누구나 마음대로 책을 읽을 수 있는 도서관이 있습니다. 4위 자연을 느낄 수 있는 나무와 꽃이 많습니다. 5위 학교를 사랑하는 학생들이 있습니다.

● 사랑의 학교를 만들 수 있는 조건을 생각해 봅니다.

2주 섬마을 학교가 좋아졌어요

2주 42쪽 생각 톡톡

예 친구들과 놀 수 있는 쉬는 시간이 가장 재미있고, 수학 시간은 가장 지루합니다.

2주 45쪽

1 ④ 2 ③ 3 예 (1) 게임을 하느라 시간을 많이 빼앗깁니다. (2) 할 일을 마치고 시간이 났을 때, 혹은 정해 놓은 시간에 게임을 하면 시간을 잘 활용할 수 있습니다.

---

1 진수는 친구와 어울리지 못하고 게임만 했습니다.

2 학교에서 정해진 규칙을 지키는 것은 모두의 약속입니다. 규칙을 어긴 친구가 있을 때 어떻게 행동해야 좋은지 생각해 봅니다.

3 게임은 시간을 정해서 조금씩 하면 여가를 활용할 수 있는 장점이 있는 반면에, 오래 하면 시간을 많이 빼앗기고 집중력이 떨어지는 등의 단점이 있습니다.

2주 47쪽

1 ④ 2 ③ 3 예 (1) 동물도감 (2) 동물에 대해 알고 싶은 것이 생길 때마다 찾아보고 자세히 알고 싶기 때문입니다.

---

1 게임에 빠져 혼자 있는 시간이 많은 진수의 문제를 해결하기 위해서입니다.

2 남쪽에 있는 작은 섬은 남해에 있는 섬 중 하나입니다.

3 지금 꼭 필요하다고 느끼는 것이 무엇인지 이유와 함께 씁니다.

1 해설 참조   2 ②   3 **예** 선생님이 학생들을 잘 챙겨 주고 자세히 가르쳐 줄 수 있어서 좋습니다.

1

3 학교에 학생들이 적으면 어떤 점이 좋을지 생각해 봅니다.

1 ①   2 해설 참조   3 **예** 저는 학원에 다니지 않아도 된다고 생각합니다. 모르는 공부는 부모님이나 선생님께 물어보고, 학원에 가는 대신 열심히 놀고 책을 많이 읽는 게 더 중요하다고 생각하기 때문입니다.

2

3 아이들이 학원에 다니는 게 좋은지, 아닌지에 대한 내 생각을 명확하게 씁니다.

1 ④   2 ③   3 **예** (1) 일기장   (2) 일기장은 내 생각을 적은 글이기 때문에 아무도 보지 못하게 보물 굴에 숨겨 놓고 싶기 때문입니다.

1 섬마을 아이들은 진수나 서울 아이들이 평소에 하지 않는 일을 하며 놀았습니다.

2 섬마을에서는 주로 어업과 관계된 일을 합니다. 백화점은 주로 도시에서 볼 수 있습니다.

3 보물 굴에 숨기고 싶은 보물이 무엇인지, 왜 숨기고 싶은지에 대해서 생각해 봅니다.

1 ②   2 ④   3 **예** 저는 백두산을 탐험해 보고 싶습니다. 왜냐하면 백두산에 있는 천지의 모습과 그곳에서 사는 생물들을 관찰하고 싶기 때문입니다.

2 '코를 납작하게 하다'는 기를 죽여 자신감을 떨어뜨리게 하겠다는 뜻입니다.

3 위험을 무릅쓰고 꼭 살펴보고 조사하고 싶은 곳이 어디인지 생각해 봅니다.

1 ③, ④   2 (1) 빗살무늬 토기   (2) 고려청자 (3) 조선백자   3 **예** (1) 어린이 도서관   (2) 재미있는 책도 읽고, 보고 싶었던 만화 영화도 친구와 같이 보고 싶습니다.

2 빗살무늬 토기는 신석기 시대, 고려청자는 고려 시대, 조선백자는 조선 시대에 만들어진 것입니다.

3 내가 사는 마을의 장소 중 친구에게 자랑하고 싶거나 함께 가고 싶은 곳이 어디인지 생각해 봅니다.

정답 및 해설

2주 59쪽

1 ④　2 ③, ④　3 예 많이 다쳤니? 내가 얼른 선생님께 가서 말할게. 금방 올 테니 무서워하지 말고 기다려.

1 진수처럼 위험한 상황을 찾습니다.

2 위급하거나 위험한 상황에 처하면 큰 소리로 도움을 구합니다.

3 등장인물과 같은 상황에 처한다면 어떻게 할지 생각해 봅니다.

2주 61쪽

1 ④　2 ①　3 예 진수야, 큰 소리로 노래를 불러 봐. 그러면 무서운 생각이 없어질 거야.

1 진수와 영민이는 밤늦게까지 동굴에 갇혀 있었습니다.

2 동굴은 자연적으로 생긴 깊고 넓은 큰 굴로 동굴 속은 낮에도 깜깜합니다.

3 응원하는 말을 할 때에는 상대방의 기분과 용기를 북돋워 주어야 합니다.

2주 63쪽

1 ③　2 예 (1) 영민아, 아프지 말고 빨리 나으렴. (2) 진수야, 어서 나아서 달리기 시합하자.
3 예 (1) 여름 방학에 이모네 가족과 바닷가로 놀러 간 일　(2) 동생이 내가 아플 때 이마에 물수건을 올려 준 일　(3) 친구가 말도 없이 내 책을 가져간 일　(4) 아빠가 넘어져서 병원에 입원한 일

3 내가 겪었던 여러 가지 일을 생각해 봅니다.

2주 65쪽

1 ④　2 ④　3 예 영민이가 생각나서 매일 전화를 하다 다시 섬마을 학교로 전학을 올 것입니다.

1 영민이와 친구가 되었기 때문입니다.

2 낯선 환경과 분위기에 적응하려면 내가 먼저 마음을 열고 행동해야 합니다.

3 진정한 우정을 경험한 진수는 섬마을 친구들을 그리워했을 것입니다.

2주 67쪽

1 ①　2 ①　3 예 진수는 영민이에게 물 로켓 날리는 법을 가르쳐 주었고, 영민이는 물고기를 잡는 법을 가르쳐 주었지요. 둘은 단짝이 되었고 어른이 되어서도 섬마을을 떠나지 않았답니다.

1 친구 숙제를 대신해 주는 것은 도움을 주는 일이 아닙니다.

3 앞의 이야기 내용과 자연스럽고 재미있게 이어지도록 씁니다.

2주 68~69쪽　되돌아봐요

1 (5) → (2) → (3) → (6) → (4) → (1)　2 예 친구의 얘기를 잘 들어 줍니다. 친구가 힘이 들 때 도와줍니다.　3 ③, ④　4 예 친구가 미술 준비물을 안 가지고 와서 친구에게 제 준비물을 나누어 주었습니다.　5 예 진수야, 안녕! 나는 서울에 사는 경서야. 나도 너처럼 게임하는 걸 무척 좋아해. 그런데 네 이야기를 읽고 나니 이제 그럼 안 되겠다는 생각이 들었어. 그래서 앞으로는 게임하는 시간을 줄이기로 했어. 너도 친구들과 사이좋게 지내렴.

1 이 이야기는 서울에서 섬마을로 전학 간 진수가 동굴 속에 갇히는 일을 겪으면서 진정한 우정을 알게 되고, 이 일로 섬마을 학교를 좋아하게 된다는 내용을 담고 있습니다.

2 친구와 사이좋게 지내려면 친구를 도와주거나 보살펴 주려는 마음이 있어야 합니다.

3 진수는 게임에 빠져 있었고, 섬마을에는 영화관이 없습니다.

4 친구와 도움을 주고받으면 어렵고 힘든 일도 해낼 수 있고, 마음도 든든해집니다.

5 이 글을 읽고 진수에게 하고 싶은 말을 적어 봅니다.

2주 71쪽　　　궁금해요

✎ **예** 복도와 계단은 많은 친구들이 이용하는 곳이므로 뛰어다니면 안전사고가 일어날 수 있기 때문에 오른쪽으로 조용히 걸어 다녀야 합니다.

● 복도나 계단에서는 규칙과 질서를 잘 지켜야 여러 사람이 안전하게 다닐 수 있습니다.

2주 73쪽　　　내가 할래요

● 해설 참조

● 미래에는 학교에 가지 않고 집에서 여러 첨단 기기를 이용해서 공부하는 반면, 친구들과 지낼 시간이 적어져서 아쉬울 수 있습니다. 내가 꿈꾸는 학교의 모습을 생각해서 이야기를 구성하고 만화로 표현해 봅니다.

3주 우리 반 사고뭉치 기동이

3주 75쪽　　　생각 톡톡

예 체육 시간에 달리기를 하다가 넘어져서 무릎에 피가 났습니다.

3주 77쪽

1 ④　2 ①　3 **예** 속상하긴 하지만 괜찮아. 네가 일부러 넘어진 건 아니니까 그냥 내가 닦을게.

2 어떤 특정한 음식만을 가려서 즐겨 먹는 습관은 고쳐야 합니다.

3 음식 찌꺼기가 옷에 묻어 속상한 민아의 마음과 잘못을 사과한 친구에게 어떻게 대해야 하는지를 생각해 봅니다.

3주 79쪽

1 ④　2 ②　3 **예** 기동아, 복도는 많은 친구들이 지나다니는 곳이야. 그래서 네가 위험한 행동을 하면 너뿐만 아니라, 친구들도 다칠 수 있으니 복도에서는 얌전하게 행동하렴.

3 복도는 여러 사람이 사용하는 장소입니다. 그런 장소에서는 어떻게 행동해야 할지 생각해 봅니다.

3주 81쪽

1 ①　2 ①　3 **예** 기동아, 오늘 석고 붕대 푼 것 축하해. 하지만 석고 붕대를 했던 네 다리가 다시 적응할 때까지는 조심해야 하니 위험하거나 심한 장난은 안 돼.

1 석고 붕대는 석고 가루를 굳혀서 만든 단단한 붕대로 뼈에 금이 갔거나 부러졌을 때 다친 자리를 고정하기 위하여 감습니다. 석고 붕대를 하면 움직임이 자유롭지 않아서 불편합니다.

3 수시로 사고를 치는 기동이에게 축하의 말과 함께 행동을 조심하라는 당부의 말을 씁니다.

3주 83쪽

1 ④ **2** ③, ④ **3** 예 복도에서 준석이랑 장난친 건 사실이지만 내가 준석이를 넘어뜨린 것도 아닌데 벌까지 세우신 건 너무해. 준석이도 뛰었는데…….

2 코피가 날 때 고개를 뒤로 젖히면 코피가 식도나 기도로 흘러들어 위험할 수 있으니 고개를 앞으로 숙여야 합니다.

3 등장인물의 마음이 되어 생각해 보는 것은 글을 이해하는 데 도움이 됩니다.

3주 85쪽

1 ③ **2** ③, ④ **3** 예 오늘 문구점에서 불량 식품을 사 먹은 일을 반성합니다. 학원에 낼 책값을 허락 없이 마음대로 쓴 것도 잘못했습니다. 앞으로 불량 식품은 사 먹지 않고 책값도 마음대로 쓰지 않겠습니다.

2 불량 식품에는 인체에 해로운 성분이 들어 있고, 비위생적인 환경에서 만들어져서 어린이들이 먹으면 건강에 좋지 않습니다.

3 반성문에는 잘못한 일과 깨달은 점, 앞으로의 다짐 등을 씁니다.

3주 87쪽

1 ② **2** ④ **3** 예 경태 / 이번 토요일에 우리 집에서 내 생일잔치를 해. 너도 와서 내 생일을 축하해 줄래? 맛있는 음식도 먹고 재미있는 게임도 할 거야. 꼭 와 주길 바랄게. / 민아

3 초대장에는 초대하는 내용과 장소, 시간과 날짜가 드러나야 합니다.

3주 89쪽

1 ③ **2** ④ **3** 예 기동아, 민아가 좋아하는 것을 함께해 봐. 그럼 얘기를 나눌 기회가 많아서 지금보다 더 친해질 거야. 그러면서 너의 장점을 계속 보여 주면 민아도 널 좋아하게 될 거야.

3 친해지고 싶은 친구나 좋아하는 친구에게 어떻게 행동하면 가까워질지 생각해 봅니다.

3주 91쪽

1 ④ **2** ④ **3** 예 ⑴ 조용히 책을 읽습니다. ⑵ 차례를 잘 지킵니다. ⑶ 병원 안을 돌아다니지 않습니다. ⑷ 시끄럽게 떠들지 않습니다.

3 공공장소에서 지켜야 할 규칙이나 바른 행동에 대해서 생각해 봅니다.

3주 93쪽

1 ③ **2** ③ **3** 예 아는 사람이 있는 가게나 아는 사람의 집으로 들어가서 도움을 요청합니다. 또는 학교나 경찰서로 들어갑니다.

2 낯선 사람에게 나의 정보를 알려 주는 것은 위험하므로 함부로 말하면 안 됩니다. 낯선 사람을 따라가서도 안 됩니다.

3 낯선 사람이 쫓아올 때는 가장 가까이에 있는 집이나 가게로 들어가서 도움을 요청합니다. 학교나 경찰서에 들어가는 것도 좋습니다.

3주 95쪽

1 ② **2** ② **3** 예 아저씨, 여기 이상한 사람이 있어요. 우리 아파트에 처음 온 아저씨 같은데 채빈이를 데려가고 있어요.

2 범인을 잡는 사람은 경찰관입니다.

3 어린이에게 이유 없이 친절을 베풀거나 주변을 맴도는 낯선 사람을 의심해야 합니다.

3주 97쪽

1 ① **2** ④ **3** 예 엄마, 아빠가 외출하고 동생과 둘이 있었을 때, 동생을 잘 데리고 놀아서 엄마, 아빠가 칭찬해 주셨습니다.

2 119안전신고센터는 위험에 빠진 사람들을 구하는 곳이므로 장난 전화를 걸면 안 됩니다.

3 엄마와 아빠가 어떨 때 칭찬을 하는지 생각해 봅니다.

3주 99쪽

1 ① **2** ① **3** 예 오늘 아침에 선생님께 유괴범을 신고한 일로 칭찬을 받았다. 친구들도 박수를 치며 용감하다고 말했다. 하지만 오늘 가장 기쁜 일은 민아가 생일 초대를 해 준 것이다. 토요일이 기다려진다.

3 기동이의 기쁜 마음이 담긴 일기를 씁니다.

3주 100~101쪽   되돌아봐요

1 (4) → (1) → (3) → (5) → (2) → (6) **2** ② **3** (1) ㉡ (2) ㉢ (3) ㉠ **4** ③ **5** 예 기동아, 민아 생일잔치에는 잘 다녀왔니? 나는 네가 만날 사고만 치는 아이인 줄 알았어. 그런데 나쁜 아저씨를 신고할 때 보니까 참 용감하더라. 앞으로도 지금처럼 용감하고 씩씩한 기동이가 되렴.

2 숙제는 학생들에게 복습이나 예습을 위하여 집에서 하도록 내 주는 과제입니다.

3 기동이는 복도에서 장난치다 벌을 섰고, 불량 식품을 먹고는 배탈이 났습니다. 교실 창문틀에 있던 깃털을 잡으려다 화단에 떨어져 손목이 삐었습니다.

5 기동이가 한 일을 떠올리며 씁니다.

3주 103쪽   궁금해요

✏ 예 선생님께 말해서 보건실에 누워 있었습니다.

● 학교에서 몸이 아프면 선생님께 먼저 말해야 합니다.

3주 105쪽   내가 할래요

● 불장난을 하지 않겠습니다. / 교통 규칙을 잘 지키겠습니다. / 놀이터에서 안전하게 놀겠습니다. / 이 밖에 더 지켜야 할 규칙: 일찍 자고, 일찍 일어나겠습니다.

● 내가 지킬 수 있는 생활 규칙에 어떤 것들이 있는지 생각해 봅니다.

4주 소개하는 글을 써 봐요

예 우리나라의 자랑거리에는 맛있고 영양가 있는 김치와 몸과 정신을 튼튼하게 하는 태권도, 독창적인 한글 등이 있습니다.

1 ③   **2** ④   **3** **예** 고정민 / 상도동 우석 빌라 / 아빠, 엄마, 동생, 나 / 줄넘기 / 과일 / 친구들을 우리 집에 초대하고 싶습니다.

1 나를 소개할 때에는 이름을 가장 먼저 말해야 합니다.

2 나를 소개하는 내용으로 내가 사는 집의 크기는 알맞지 않습니다.

3 나를 소개할 때에는 나의 특징과 가족에 대해 자세하게 소개해야 합니다.

1 (1) ㉡   (2) ㉠   **2** ③   **3** **예** (1) 저의 꿈은 의사입니다.   (2) 가난하고 아픈 사람을 치료해 주고 싶기 때문입니다.   (3) 책도 많이 읽고 공부를 열심히 할 것입니다.

2 자신 있게 말하려면 듣는 사람을 바라보며, 말끝을 흐리지 않고 분명하고 또렷한 목소리로 말해야 합니다.

3 내 꿈이 무엇이고, 왜 되고 싶은지, 꿈을 위해 어떻게 노력할지에 대해 생각해 봅니다.

1 **예** (1) 가구를 잘 만드는 모습   (2) 십자수와 퀼트를 잘하는 모습   (3) 심부름과 노래를 잘하는 모습   **2** (2) ○   **3** **예** 할머니, 아빠, 엄마, 형, 저 이렇게 다섯 명입니다. 할머니는 노래 교실에 다니셔서 노래를 무척 잘하십니다. 아빠는 등산을 좋아하시는데, 가끔은 저도 따라갑니다. 엄마는 빵과 쿠키를 잘 만드십니다. 친구들이 엄마가 만든 빵과 쿠키를 먹고 맛있다고 할 때면 기분이 좋습니다. 중학생인 형은 제가 모르는 것을 잘 알려 줍니다. 그래서 저는 우리 가족을 사랑합니다.

2 소개하는 글은 상대방이 모르는 것이나 알고 싶어 하는 것에 대해 소개해야 합니다.

3 가족의 구성과 각 구성원이 하는 일을 자세히 소개합니다.

1 ④   **2** 귀엽다, 활발하다, 사랑스럽다   **3** **예** 동전 / 참기름 / 토끼 귀

3 강아지의 눈, 코, 귀의 생김새를 빗대어 쓸 수 있는 대상을 생각해 봅니다.

1 (2) ○   (4) ○   **2** (1) ㉢   (2) ㉠   (3) ㉡   **3** **예** (1) 최보람   (2) 나와 가장 친해서입니다.   (3) 얼굴이 동글동글합니다.   (4) 달리기   (5) 의리가 강합니다.   (6) 보람이가 이사 가지 않았으면 좋겠습니다.

3 소개하려는 친구에 대해 자세히 관찰하고 생각해 봅니다.

1 ③   2 (1) ○   3 예 (1) 키가 크고 안경을 쓰셨습니다.   (2) 체육 시간에 재미있는 놀이를 많이 가르쳐 주십니다.   (3) 화나시면 무섭지만 언제나 든든한 아빠처럼 다정하십니다.

1 이 글의 제목에 소개하려는 사람이 누구인지 나와 있습니다.

2 반듯하게 쓴 글씨를 찾습니다.

3 선생님의 모습과 행동을 통해 좋은 점을 생각하고 선생님에 대한 생각이나 느낌을 정리해서 씁니다.

1 (1) ○   (3) 반 친구들의 특징을 더 자세하게 표현했기 때문입니다.   2 ②   3 예 받는 사람: 해남에 있는 해솔이에게 / 제목: 나, 이제 3학년이야. / 해솔아, 안녕! 나는 이번에 3학년 4반이 되었어. 그래서 너에게 우리 반 친구들을 소개하려고 해. 우리 반 친구들은 협동을 잘해. 청소 시간에는 서로 도우며 청소를 해서 청소가 힘들지 않아. 예전에는 청소 시간이 싫었는데, 새 학년이 된 뒤로는 재미있어. 또 일주일에 한 번씩 새 친구와 짝을 해서 금세 우리 반 친구들과 친해졌단다. 다음에 서울에 놀러 오면 우리 반 친구들을 소개시켜 줄게. 그때까지 잘 지내.

2 우리 반을 잘 소개하려면 우리 반 친구들 전체의 모습이 나타나야 합니다. 소개하려는 대상의 특징, 생김새, 생각이나 느낌 등을 자세하게 써야 합니다.

3 우리 반 친구들의 특징과 글쓴이의 생각이나 느낌이 잘 드러나게 씁니다.

1 (1) 학생과 가족들이 함께 참여하는 행사를 많이 합니다.   (2) 가족의 사랑과 친구와의 우정을 배웠습니다.   2 ①   3 예 (1) 운동회   (2) 반 대항 이어달리기에 나가서 1등을 했습니다.   (3) 가족과 함께 운동을 하니 더 재미있고 신이 났습니다. 그런데 운동회가 끝난 뒤 주변에 쓰레기가 많아서 다음에는 쓰레기도 정리하면서 놀면 좋겠다고 느꼈습니다.

3 내가 참여했던 행사 이름과 그 행사에서 한 일과 느낀 점을 정리해 봅니다.

1 ①   2 (1) ⓒ   (2) ㉠   (3) ⓒ   3 예 저는 손흥민 선수를 존경합니다. 왜냐하면 축구를 잘해서 우리나라를 빛내고 있기 때문입니다.

3 우리 주변 인물과 위인 중에서 존경하는 사람을 찾고 그분을 존경하는 까닭을 씁니다.

1 ④   2 네로, 파트라셰   3 예 (1) 빨간 모자   (2) 재미있어서   (3) 빨간 모자와 할머니, 사냥꾼이 늑대를 물리치는 장면   (4) 빨간 모자와 할머니가 늑대 배 속에서 나오지 못할까 봐 조마조마했습니다.

1 책을 소개하는 글을 쓸 때에는 책의 내용을 알고 있지 않거나 그 책에 관심이 있는 사람을 읽을 대상으로 정합니다.

3 최근에 읽은 책이나 읽고 감동을 받은 책을 생각해 봅니다.

1 ③ 2 ③, ④ 3 예 (1) 윷놀이 (2) 우리 반 교실에서 (3) 반 친구들과 (4) 윷놀이가 컴퓨터 게임보다 훨씬 쉽고 재미있어서 가족과도 윷놀이를 하고 싶었습니다.

1 이 글은 장수풍뎅이 애벌레를 키우면서 관찰한 내용을 소개하는 글입니다.

2 장수풍뎅이는 광택 있는 검은 갈색이며, 수컷의 머리에는 뿔 모양의 돌기가 있는데 끝이 둘로 갈라졌고, 암컷의 머리 위에는 세 개의 짧은 가시 모양의 돌기가 있습니다. 세 쌍의 다리가 있습니다.

3 내가 재미있게 한 일과 그때의 생각이나 느낌 등을 씁니다.

1 ③ 2 (1) ○ (4) ○ 3 예 (1) 단체 줄넘기 (2) 학교 운동장이나 놀이터 (3) 두 사람이 기다란 줄의 양쪽 끝을 잡고 커다란 원을 그리면서 돌리면, 나머지 사람들은 그 속으로 차례대로 들어가서 줄을 뛰어넘는 놀이입니다. (4) 줄에 걸리면 다음 사람이 하거나, 줄을 잡고 있는 사람과 교체합니다.

1 재미있게 한 놀이를 소개하고 있습니다.

2 술래에게 움직이는 것을 들켰다고 술래가 되는 것은 아닙니다. 그리고 술래에게 잡힌 친구의 손을 끊고 도망가는 것은 이 놀이의 한 과정입니다.

3 사진 속 놀이는 단체 줄넘기입니다. 놀이 방법과 규칙을 소개하는 글을 씁니다.

1 ② 2 (1) 예 지난번 토요일에, 아빠 회사에서, 아빠와 같이 일하는 사람들 앞에서, 저를 소개했습니다. (2) 이름과 나이, 학교를 소개했습니다.
3 (1) 장년에 → 작년에 (2) 길으십니다 → 기르십니다 (3) 드러서 → 들어서 4 ③ 5 ①, ④
6 예 제가 좋아하는 음식을 소개할게요. 저는 피자를 좋아합니다. 동그란 빵 위에 채소와 고기, 과일을 올린 피자를 먹으면 정말 행복해요. 올해는 엄마가 피자 만드는 법을 배워서 직접 만들어 주셔서 더 좋아요. 이제는 사 먹는 것보다 엄마가 만들어 주신 피자가 훨씬 맛있답니다.

3 글자를 잘못 쓰면 글을 이해하기 힘들고, 뜻이 달라질 수도 있습니다.

4 책을 읽은 느낌과 책 이름, 등장인물, 줄거리 등을 함께 쓰는 것이 좋습니다.

6 내가 자신 있게 소개할 수 있는 글감을 생각해 봅니다.

✏ 예 우리 할아버지와 할머니 / 할아버지와 할머니가 잘하시는 것, 좋아하시는 음식 등을 소개하고 싶습니다.

● 내가 잘 알고 있는 사람이나 내용에 대해 소개합니다.

● 예 우리 학교는 사랑이 넘치는 학교입니다. 운동장은 크지 않지만 친구들과 뛰어놀기에 좋습니다. 화단에는 계절에 따라 개나리, 장미, 국화가 핍니다. 저는 이렇게 아름답고 정다운 우리 학교가 좋습니다.

세토 시리즈
래빗 포인트

★★ 래빗 포인트 적립하기

🐰 포인트 번호

3A0J-S252-SIML-0UB1

 래빗 포인트란?

NE능률 세토 시리즈 교재 구매 시
혜택을 드리는 포인트 제도입니다.
1권 당 1P가 적립되며, 5P 적립마다
경품으로 교환 가능합니다.
(시리즈 3종 포함 시 추가 경품 증정)

 포인트 적립 방법

1 세토 시리즈 교재 구입
2 래빗 포인트 적립 페이지 접속
   (QR코드 스캔)
3 NE능률 통합회원 로그인
4 포인트 번호 16자리 입력

 포인트 적립 교재

- 세 마리 토끼 잡는 독서 논술
- 세 마리 토끼 잡는 초등 독해
- 세 마리 토끼 잡는 급수 한자
- 세 마리 토끼 잡는 초등 어휘
- 세 마리 토끼 잡는 역사 탐험
- 세 마리 토끼 잡는 초등 한국사

★ 포인트 유의사항 ★

- 이름, 단계가 같은 교재의 래빗 포인트는 1회만 적립 가능하며, 포인트 유효기간은 적립일로부터 1년입니다.
- 부당한 방법으로 래빗 포인트를 적립한 경우 해당 포인트의 적립을 철회하고 서비스 이용을 제한할 수 있습니다.
- 래빗 포인트에 관한 자세한 사항은 래빗 포인트 적립 페이지 맨 하단을 참고해주세요.

NE 능률